三雲岳斗

illustration マニャ子

觀測者之宴

5

Kadokawa Fantastic Novels

序章

Intro

「事情可還沒結束。完全沒有——」

少女說完轉身背對吸血鬼貴族。

那是個十多歲的嬌小女孩。以年紀而言給人稚氣的印象，不過並沒有和同年齡層的平均發育差太多。綁久了而變捲的長髮以及親切長相，大概勉強算是她的特徵。換句話說，那是個到處可見的國中少女。

她穿著附尾巴的黑色洋裝，頭上戴了仿獸耳的髮箍。那應該是扮裝成黑貓，節慶特有的俏麗裝扮。

但是少女那對瞳孔大開的眼睛不帶任何感情，只有唇型帶了淺淺的笑。那副表情賦予她一種非人類的印象。

宛如到處可見的少女正與非人怪物共用軀殼的不協調感。

以某種意義來說，倒也符合這座城市的居民形象。

因為這裡是異形之城「魔族特區」——

人類與魔族共存的永劫薄暮之城。

「——妳打算去哪？十二號？」

金髮碧眼的俊美男子叫住準備離去的少女。

少女悄悄留步，並冷眼睥睨男子的身影。

男子為迪米特列．瓦特拉，是「戰王領域」派來的歐洲貴族，和第一真祖「遺忘戰王（Lost Warlord）」血脈相繫的純正吸血鬼。

率有九匹凶惡眷獸，傳聞「和真祖最為接近」的俊美怪物。

不過，他穿在身上的三件式純白西裝已被燒得焦黑破爛，渾身更留著無數撕裂般的傷痕。之前受少女攻擊的傷勢還沒有完全恢復。

因摩擦熱能而沸騰的血液散發惡臭，復原途中的皮膚裂縫間依然能窺見肌肉。但他仍露出猙獰笑容，指著自己背後。

海面在陽光照耀下閃閃發亮，滿布岩塊的小島就浮在那裡。

在島嶼頂端建有一座石砌的老舊聖堂。那裡是用來將凶惡罪犯隔離到異世界的封印之地，守護著「監獄結界」的堡壘。

然而，那座巨大聖堂半已崩塌，監獄之門正要被開啟。全是因為封印之鑰——南宮那月目前生死不明——

「那裡的狀況變得挺有趣的嘛。放著不管好嗎？還是妳沒辦法插手？」

瓦特拉如此挑釁。身穿黑貓扮裝服的少女面無表情，眼裡鄙視這樣的貴族青年。

「你想讓五體再次被轟飛嗎？蛇夫？」

在傍晚的眩目陽光下，少女頭上浮現一道冰河般剔透澄澈的巨大幻影。

上半身是人類女性，下半身則有姿態曼妙的魚尾。背後長了翅膀，銳利鉤爪好似猛禽。

冰之人魚，或可稱為妖鳥（Seirēn）。

那是龐大得足以具現化的魔力聚合體，吸血鬼畜養於血中的異界召喚獸，形同眷屬的猛獸，亦即眷獸。

世界最強吸血鬼「第四真祖」的十二號眷獸「妖姬之蒼冰（Alrescha Glacies）」——

美麗的冰色眷獸舉起以濃密寒氣凝聚成的拳頭。

瓦特拉從容地仰望她，露出嘲弄般的微笑。

「呃，很遺憾，我對妳已經沒興趣了，勝券在握的戰鬥會讓我覺得乏味。現在不是和妳交手的時機，妳早點取回原本的力量吧——」

貴族青年說完以前，眷獸就施展攻擊了。

尖銳的清響「鏗」一聲劃破空氣。

以瓦特拉的立足點為中心，碼頭被消滅得不留痕跡。

瞬時間被冷卻成極低溫的人工大地，在收縮壓及低溫脆化下碎散了。

無情而壓倒性的破壞力來得太過寧靜迅速，結果只剩下純白濃霧以及結凍的海面，但並沒有擊斃瓦特拉的手感。眷獸發動攻擊前，負傷的貴族青年就化為金色霧氣逃走了。

少女確認他的氣息已經遠去，聳了聳肩，眼裡依然不帶情緒。

那動作莫名有人味，讓人聯想到她原本的宿主。

†

黑貓裝扮的少女朝吸血鬼貴族放出眷獸。

極低溫的衝擊令大氣嘶鳴，透明的冰雪結晶在空中飛舞，海面凍結成白色。

有道人影從停在碼頭外的汽車裡默默望著那副美麗光景。

那是個披著皺巴巴白衣的娃娃臉女性。

與其形容成美女，不如說她長得可愛，個子不高不矮。可是，她胸圍傲人。

像菸一樣被她叼在嘴上的，是吃完的冰棒棍。

一頭長髮蓬亂得似乎沒經過打理，睜不開的眼皮總給人一臉睏倦的印象。就算說得含蓄點，一眼就能看出她屬於散漫邋遢的大人。

「呼啊……」

她無精打采地打呵欠，然後擦了擦眼角盈現的眼淚。

她將冰棒棍塞進車上的菸灰缸以後，從擺在副駕駛座的冰盒抽出新的冰棒，接著打開駕駛座車門，懶洋洋地來到車外。

那對胸脯在起身時波濤洶湧，看來似乎沒戴胸罩，但當事人好像也不太在意。蘇打口味的冰棒含在嘴裡，不時伸出的舌頭看似美味地來回舔舐。說不出哪裡怪，卻異樣煽情。

她察覺有腳步聲接近便抬起臉。

從瀰漫的白霧中現身的，是黑貓裝扮的少女。

少女發現看似在等著自己的白衣女性揮著手，頓時停下腳步，用不帶感情的大眼睛瞪著對方。

「妳……全都看到了？」

少女語帶責備地質疑。白衣女性呵呵微笑，將含在嘴裡的冰棒轉了一圈。確認過少女身上沒有外傷以後，她瞇著眼睛說：

「謝謝妳保護那孩子。」

「……我只是遵守契約，沒理由讓妳感謝。」

聽完對方道謝，少女答得一臉困惑。和對付吸血鬼貴族那時相比，她顯得為難許多。

白衣女性看到少女這種態度，就從冰盒裡拿了新的冰棒。

「哦……要吃嗎？」

操縱冰之眷獸的少女看了遞過來的冰棒，貌似不悅地咂嘴。

下個瞬間，她眼裡的光采不見了。附身於少女嬌小身體裡的強大意志已消失蹤跡。少女全身失去力氣，像斷線的傀儡搖搖晃晃地倒下。

「哎呀呀。」

白衣女性扶著少女的身體苦笑。

然後，慵懶地仰望傍晚的天空。

被黃昏的太陽照耀的海面，如赫赫火焰般通紅閃爍著。

建築物拖出長長影子，將鋼鐵及樹脂覆蓋的人工大地染成藍黑色澤。

位於東京南方海上三百三十公里處一帶，「魔族特區」絃神市——

夜晚正要造訪太平洋上由人手打造的這座島嶼。

然而街道仍滿是人群，即使到了日落也沒有減少的跡象。

裝點建築物的霓虹燈點亮，煙火四處燃放。

聚集在廣場的群眾喧囂，攤販老闆和客人們的表情都越顯繽紛活力。

十月最後的週末，魔族特區的祭典「波朧院節慶」之夜。

祭典才剛開始而已。

†

經過嚴密的活體認證及安全檢驗，超硬合金製的分隔牆開了。

秀出通行證從閘門走出來的是個十五歲左右的少女。

亮麗髮型加上品味不俗的時髦服裝，是個相貌端秀的高中女生。不過她目前全身散發著倦意，難得的標致臉蛋也顯失色。

「啊～～唔……有夠累的……」

藍羽淺蔥嘴裡嘀咕著，哼聲無力地伸了個懶腰。她望向大樓窗戶反射的夕陽，用手掩住感覺睡眠不足的眼睛。

她在絃神島的中心地段。這裡是被稱為「基石之門」的巨大倒三角型建築物，周圍有全副武裝的特區警備隊隊員走動，被攔住的市民及看熱鬧的群眾將建築物大廳擠得水洩不通。

島內最高的巨型大樓頂部直到數十分鐘前，仍被名叫梅雅姊妹的一對國際通緝魔導罪犯占據著。現在大樓總算解除封鎖，造成的影響卻還是揮之不去。

「哎唷，我受夠了。為什麼會悽慘到連節慶的日子都要在兼差的地方過夜趕工啊？那些人太會壓榨勞力了吧！」

淺蔥恨恨朝右手握著的智慧型手機大發不滿，回答她的是一陣帶挖苦味道的合成語音。

『不不不，這次真的要感謝小姐。都是託妳的福才得救啦。』

聲音的主人是被取名為摩怪的人工智慧——管控絃神島的五部超級電腦的化身。高超性能換來的代價，是以駕馭困難見稱的顯著毛病，但這具人工智慧卻和淺蔥格外投緣，不時會為她著想。

而摩怪忽然壓低聲音告訴淺蔥：

『除了表示感謝以外，我想順便問問小姐，有沒有意願在公社多留一會兒？』

「啥？」

淺蔥露骨地表現出充滿戒心的臉色。回想起來，昨天中午她和朋友們悠哉地觀光時，就是被這個性格惡劣的人工智慧叫到人工島管理公社。

多虧如此，淺蔥才會被迫做苦工，在一夜之間寫出麻煩到極點的程式，好用來逆向推算被魔女們扭曲的空間座標，結果就浪費了寶貴節日中的一天。她無法再奉陪這麼划不來的打工差事。

「為什麼？占據基石之門樓頂的魔女不是被特區警備隊收拾掉了嗎？」

『姑且是這樣沒錯。』

然而，摩怪卻用前所未有的認真口吻警告：

『北區海上冒出了未登錄的增設人工島，再說也還不清楚「圖書館」那幫人的目的。我有非常不妙的預感。』

「拜託……你好歹也是電腦的化身耶，不要用『姑且』或『預感』這種曖昧不清的字眼，害別人陪你忙得團團轉啦。」

淺蔥傻眼地嘆氣，接著就無視於還想說些什麼的搭檔，將智慧型手機的電源切掉。

時間過了下午五點。抬頭望去，天空仍然明亮，但空氣已微微滲入夜晚的氣息。波朧院節慶的活動似乎正要邁入晚上的行程。

遊客中穿浴衣的男女變多了，大概是等著欣賞之後的煙火大會吧。就算不是為了那項活動，基石之門周遭是絃神島屈指可數的時尚景點，情侶比率尤其高。那些人卿卿我我地享受節慶的模樣，讓淺蔥的神經頗為焦躁。

這個時候，曉古城該不會也在和那個青梅竹馬甜蜜過節吧——？

「想到就火大……在我這麼辛苦的時候，他們居然……！」

淺蔥忿忿不平地嘀咕洩憤並走向單軌列車的車站。現在趕去和古城他們會合兼說點風涼話，也是一種選擇，不過她想先回家換衣服。古城八成不會留意，但淺蔥的自尊心無法允許

穿和昨天相同的衣服去見他。況且，那個叫仙都木優麻的女生是個強敵，為了和她對抗，淺蔥必須準備萬全才迎戰。

有環狀線和南北線共兩條線路的單軌列車，會開到位於絃神島中央地帶的基石之門。要到離淺蔥家最近的車站，搭外圍的環狀線用不著十五分鐘。

不過一到車站，淺蔥就深深明白自己想得太天真了。

她忍不住「唔哇」地發出驚嘆。車站裡擁擠得超乎想像。

進不了月台的乘客隊伍已經排到驗票口外，站員廣播的內容也因為乘客在推擠間大叫怒罵而無法聽清楚。

「……請問列車是不是還沒開？」

淺蔥到了車站旁邊的小賣店買飲料，順便詢問店員。

樣貌親切的中年女店員用同情的目光望著她說：

「南區和東區間好像開始有折返班次了，不過往北邊的大概還要等一些時間吧。畢竟冒出了奇怪的傳言。」

「什麼傳言？」

「妳有沒有聽過監獄結界？聽說那玩意出現了。」

女店員說著，貌似害怕地肩膀抖得挺誇張。

監獄結界這個名詞，淺蔥當然也知道。那在絃神島是有名的都市傳說。據傳那是為了隔離凶惡的魔導罪犯，才祕密建設於人工島某處的陰森監獄。

有人認為那座監獄被冤獄囚下了詛咒而隱形；有人認為那裡就是冥府；還有說法認為，監獄結界的看守是個樣貌如美麗人偶的死神——

雖然那算耳熟能詳的怪談，淺蔥卻莫名不安地皺了眉頭。

「對喔，摩怪那傢伙也提了件怪事……」

有一座未登錄的增設人工島冒出來了——之前那個人工智慧應該是如此報告的。

難道那座增設人工島的真面目，就是監獄結界？淺蔥不這麼認為，但她對ＬＣＯ的魔女們引發騷動的目的也有點在意。

「來，謝謝惠顧。還有這是送給妳的。」

該怎麼辦呢？淺蔥如此思索，女店員則將冰過的寶特瓶遞到她面前。接下商品的淺蔥手裡又被女店員多塞了幾顆糖果。

謝謝——道謝的淺蔥望著糖果，然後微微偏頭。她覺得對方也送得太多了一點。

「車站裡很擠，小心別和女兒走散了喔。」

「啥？女兒……？」

聽了女店員的忠告，淺蔥由衷感到困惑。這個大嬸究竟在說什麼？可是——

「咦！」

這時突然有人拉住淺蔥的裙角，她才看向自己腳邊，並睜圓了眼睛。

站在她身邊的是個年歲尚幼的小女孩。

長髮女童大約四、五歲，穿著洋娃娃般的禮服。

該不會是迷路的小朋友吧？不安的淺蔥如此心想。萬一如此，事情似乎會很麻煩。畢竟人潮擁擠成這樣，要找出和她走散的家長，老實說相當困難。

而且小賣店的女店員好像錯把淺蔥當成她的母親了。淺蔥看起來是比實際年齡更成熟，不過這誤會也太過分了。唯有這一點非糾正清楚不可——淺蔥才瞪著女店員打定主意，女童就緊緊摟住了她的手臂。

她淚汪汪地仰望淺蔥，微弱的嗓音像是在尋求依靠。

「……媽媽！」

周圍雜音頓時消失，短暫的沉默降臨。

果然是這樣啊，真拿最近的年輕人沒辦法——點頭的店員大嬸臉上透露出這種訊息。

被女童抱著的淺蔥無法吭聲。狀況演變得太過意外，讓她說不出一句「妳認錯人了」。

看了女童不安的表情，淺蔥也不能硬將對方的手甩開。即使望向周圍想求助，當然也看不見女童真正母親的人影。淺蔥完全摸不著頭緒地仰望傍晚的天空。

「咦～～～！」

她的尖叫聲在人山人海的車站內被掩沒了——

第一章 魔女不在

Absence Of The Witch

1

倒塌——

聖堂逐步倒塌。

堆砌得必須抬頭仰望的高聳石壁如雪崩般垮下，那股衝擊讓人工大地劇烈搖動。飛散的碎塊及粉塵剝奪視野，建築物內部化為渾沌的黑暗，是令人聯想到世界末日的破壞性景象。

崩壞來得過於突然，古城無法反應。

照這樣下去，鐵定會被巨大的重量壓扁而喪命。結果救了他的，是一陣眩目般的飄浮感。那是空間轉送帶來的副作用。

有人扭曲空間，將古城他們帶離崩塌的聖堂。

「唔……」

受刺眼的夕陽照射，古城不禁別開眼睛。手持銀槍的雪菜在他身邊著地。這個地方離聖堂並沒多遠，空間跳躍後移動的距離頂多兩百公尺不到，勉強能躲過聖堂倒塌的影響。

這恐怕就是施術者的極限。

「優麻……！」

雪菜短短驚呼。

古城背後傳來濕潤物體倒地的聲響。倒在地上的，是個扮裝成萬聖節魔女的年輕女孩。少女的五官端正清秀，要形容成野丫頭顯得太過嬌憐。

然而她渾身是血，虛弱得和平時奔放的模樣判若兩人。

深深的劍傷鑿在胸口，古城剛才碰過她的手臂，感覺就像冰一樣冷透。

「優麻……妳……為什麼要這樣亂來……！」

古城趕到痛苦呻吟的她——仙都木優麻身邊，緊緊咬住嘴唇。

優麻是魔女，和惡魔訂契約換來強大魔力的人類。她就是用那份力量扭曲空間，從崩塌的聖堂中救了古城等人。

但那次不智的空間轉送，對優麻身體造成莫大負擔。

在前一刻的戰鬥中，她釋放的魔力已經超乎極限，肉體也受創甚深。換作常人，在這種狀況下就算當場暴斃也不足為奇。

即使如此，優麻仍撐起上半身，硬是擠出微笑說：

「錯了喔，古城……這不是我一個人的力量。『空隙魔女』也有幫忙……」

「那月美眉？既然這樣，她……跑到哪裡了……？」

優麻意想不到的發言，讓古城傻眼地望著自己的雙臂。雪菜也面色凝重。

南宮那月被「守護者」的劍貫穿，傷勢應該比優麻更重。難道她在那種狀況下，還幫優麻救了古城他們嗎？

可是，應該被古城捧在懷裡的那月卻不見人影。萬一她只有將古城等人送到外面，自己仍留在聖堂中——

「學長……！」

雪菜驚愕地抬頭看向聖堂所在的地方。

完全崩毀而籠罩著漆黑煙塵的古聖堂故址。在那裡冒出了另一棟陌生的新建築物。

被厚實鐵牆及鐵刺網包圍的軍事要塞——不對，是監獄。

那月原本守護的聖堂就此消滅，浮現在那裡的是巨大監獄的形影。

「這就是……真正的監獄結界……？那麼，剛才那棟建築物又是什麼？」

古城仰望具威壓感的要塞外觀，心裡產生疑惑。和那月那棟古樸又莊嚴的聖堂一比，這座要塞充滿了符合「監獄」名稱的凶煞之氣。

然而其全貌在粉塵中保持著形影搖曳的半具現化型態，彷彿至今仍拒絕外來者入侵。

緊接著，混亂的古城耳裡聽見了伴隨金屬殘響傳來的詭異女性嗓音——歷經歲月的邪惡魔女嗓音。

「兩者……是同樣的，第四真祖。」

嗓音主人就站在要塞的巨大門扉上。

是一名頭髮長及腳邊的女子，穿著有如平安時代貴族女性的十二單衣。層層交疊的衣裳華美靡麗，但染成黑白兩色的那副模樣也有些類似死神。容貌年輕迷人，眼球卻是緋色──一對火眼。帶著溫柔笑意的那雙眼睛，宛若非人而不祥。

「──周與胡蝶則必有分矣。此之謂物化……那棟空蕩的聖堂，也就是監獄結界，是存在於南宮那月夢境中的……模樣。」

火眼女子朝古城等人吟了一段詩句。異鄉的古詩吟詠出夢與現實的界線曖昧模糊。

所謂監獄結界，是透過魔法構築於那月夢中的虛擬世界，其姿態會依觀者的想像自由變化。那存在於他人夢中，所以遭囚的罪犯絕對無法脫逃。

正因如此，它才會被畏為連最頂級魔導罪犯都能封印的監獄。

「不過，『空隙魔女』從永劫夢境裡甦醒了，監獄結界隨之現形。既然位於相同的世界空間，要從中脫困就易如反掌……呢。對我而言……」

火眼女子說著愉快地訕笑。

那嗓音和之前從優麻的「守護者」體內傳出的說話聲一樣。犧牲了自己的女兒，將劍捅向南宮那月的魔導罪犯──仙都木阿夜的聲音。然而──

「母親……大人……？」

優麻染上鮮血的唇裡編織出絕望之語。

「妳就是優麻的母親……！」

怎麼可能——古城如此低呼。

他不想認同，但火眼女子和優麻具血緣關係這一點，在場所有人都心知肚明。因為她們倆的模樣實在太相像了。

除了頭髮長度和眼睛色澤以外，幾乎沒有分別。

凜然容貌和外表年齡也包括在內。

「妳和優麻……同一張臉……？」

「當然……了。那女孩只是我以單性生殖產下的複製品。專為破除監獄結界的封印而打造的她，不過是我的影子。」

阿夜彷彿對動搖的古城等人感到憐憫，指著負傷的優麻宣告：

「我與那女孩是相同的存在——正因如此，也能辦到這樣的技倆。」

「唔……啊……………啊啊啊啊啊啊啊啊啊啊啊……！」

這時，從優麻喉嚨冒出來的是嘔血般的慘叫。

在她背後浮現出一道藉魔力具現化的人形幻影——披戴生鏽鎧甲的無臉騎士，基於契約獲賜的惡魔眷屬——亦即魔女的「守護者」。

那名蒼藍騎士的全身，正逐漸遭黑色血管般的詭異紋路侵蝕。

簡直像要強行奪取優麻對「守護者」的支配權——

「優麻！」

「……怎麼會……她居然……能搶走魔女的『守護者』……」

古城和雪菜訝異得聲音顫抖。

仙都木阿夜藉著巨大魔力及比魔法更強的血統羈絆，介入了優麻的「守護者」。古城他們沒有手段能妨礙她那麼做。

若用古城的眷獸或雪菜的槍攻擊仙都木阿夜，那些傷害八成都會照樣奉還給優麻。面對痛苦掙扎的優麻，古城他們一籌莫展。

「不要……請妳住手……母親大人……！」

優麻聲音虛弱地懇求。火眼女子望著她，只露出冷酷刻薄的微笑。

「借給妳的力量該要還給我了——女兒啊。」

仙都木阿夜舉起左手。霎時間，木材碎裂般的刺耳聲音「啪」地響起，優麻發出不成聲的慘叫。宛如目不可視的巨大手臂正要扯下小鳥的羽翼，優麻弓起的背脊有某種東西劈啪作響地被逐漸剝離——

「呀啊啊啊啊啊啊啊啊啊啊啊啊啊啊！」

靈能路徑被切斷，流經其中的魔力如鮮血般噴出。

優麻的「守護者」披戴的蒼藍鎧甲已經完全染黑了。

無臉騎士咆吼，好比一頭從枷鎖獲得解放的野獸。它的身形移動到阿夜背後，搖曳得彷若蜃景。仙都木阿夜將優麻的「守護者」徹底搶走了。

「優麻！」

優麻好比壞掉而被拋棄的人偶倒在地上。古城將癱倒的她抱起來，愕然地倒抽一口氣。她勉強還保有呼吸，但睜大的眼睛並未對焦。害怕得像個孱弱孩子的她，和古城認識的優麻判若兩人。

「妳竟然……做出這種事……！」

雪菜滿臉怒色地持槍擺出架勢，銀色槍尖正對著悠然俯望地上的仙都木阿夜。

對身為魔女的優麻來說，「守護者」並非單純的使役魔或武器。那是將靈魂獻給惡魔的代價。捨棄人類身分才得到的「守護者」，就像自己肉體的一部分。

而仙都木阿夜連那都要從優麻身上奪走；從製造出來只為了當成逃獄道具，也不曾給過一絲母愛的女兒身上奪走。

「第四真祖，還有獅子王機關的劍巫嗎……你們到底在憤慨些什麼？那女孩是我製造

的……人偶，要如何待她不都隨我自由？」

火眼女子露出由衷驚訝的表情。

古城咬牙作響，湧上心頭的怒氣好似要讓全身血液逆流，和壓抑不住的殺氣一同散發的是熾熱的驚人魔力波動。

「……開什麼玩笑……！」

古城擠出壓低的嗓音。火焰般噴湧的魔力，幽幽形成一道巨大形影。呼應古城的憤怒，第四真祖的眷獸正要覺醒。

「妳讓我的朋友受到這種傷害，卻只有這些話要說嗎……！」

「……唔！」

承受古城爆壓般的魔力，仙都木阿夜挑起眉毛。對於故作從容的她，第四真祖的魔力還是頗具威脅。

然而在眷獸完全具現化之前，古城的身體嚴重不支。

他頭暈目眩似的跪倒，劇烈咳嗽更嘔出了鮮血。

和高漲的怒氣相反，他的力氣正逐漸從全身散失。

鮮血從古城用右手捂住的胸口冒出，並且化成血霧。似乎連他身為吸血鬼的力量也隨著失血凋落了。

「學長！」

雪菜察覺到古城正痛苦呻吟，臉色頓時發青。

讓古城受那道傷的是雪菜。為了搶回古城被優麻奪走的肉體，雪菜用「雪霞狼」捅了他。就是用那把可以讓萬般魔力失效，連吸血鬼真祖也能擊斃的破魔長槍——

「原來如此，你受了『七式突擊降魔機槍(Schneewalzer)』的傷啊，第四真祖。」

阿夜察覺古城狀況失常的原因，不顯得意地淡然嘀咕。

接著，她愉悅地瞇著火眼望向雪菜。

「能找到人用那把槍，獅子王機關那群老狐狸也真是……陰險。我對女兒所做的事和那些人對待妳的方式一比，不是顯得小巫見大巫嗎？」

「唔！」

阿夜的話如詛咒般響起，讓雪菜臉色緊繃。

被母親生來當作逃獄道具的優麻，以及從小就身不由己被當成劍巫培育長大的雪菜——兩人的境遇確實很像。以她們都別無選擇的角度來看，仙都木阿夜和獅子王機關並沒有太大的差別。

然而從阿夜的語氣中能感受到更深一層的惡意。

並不是「雪霞狼」被交付到雪菜手上，雪菜才是為了「雪霞狼」而安排的——

阿夜的話聽起來彷彿也有這層揶揄之意。

「……妳這傢伙……可以閉嘴了！」

魔女那些充滿欺瞞的語句，不該讓雪菜繼續聽下去——直覺如此的古城硬是站了起來。

古城從染血的右手放出青白雷光。那是他勉強納入掌控的三眷獸之一「獅子之黃金（Regulus Aurum）」的雷擊。

胸口的傷勢尚未痊癒，縱使能順利喚出眷獸，也沒保證能完全駕馭。可是，現在的古城沒有其他方法制止仙都木阿夜。

阿夜是強大的魔女，力量足以擅自將「守護者」從優麻身上奪走，並非古城手下留情還能打倒的對手。

然而，像是要牽制狠下心的古城，阿夜指著自己所站的地方笑著挑釁：

「這樣好嗎？第四真祖？憑你的力量確實能輕易將我轟走，但監獄結界可不會倖免喔？我想維持結界的施術者也會受到相當程度的反作用力吧。」

「……妳指的是那月美眉嗎？」

古城仰望聳立於阿夜背後的灰鋼色要塞，當場單膝跪下。

那月至今仍行蹤不明。不過，她用魔法創造出的監獄結界能繼續維持，應該表示她還活在某個地方。

監獄結界被阿夜當成擋箭牌，古城就無計可施了。因為他的眷獸太過強大，不可能在無損監獄結界的條件下攻擊阿夜。

「——話說回來，有一群人倒是希望你動手。」

仙都木阿夜一臉愉快地呢喃，並望向自己背後。

古城至此才注意到。

居高臨下看著古城他們的，並不只仙都木阿夜。

監獄結界的建築物上頭有幾道陌生人影。

他們看著和阿夜對峙的古城等人，有如看待在地上爬的螻蟻，態度毫無感慨。

「那些傢伙是什麼人？」

古城感覺到一股強烈的寒意，無意識地繃緊全身。

站在黑色要塞上的人影有六道——老人、女性、甲冑男子、戴絲質禮帽的男士，以及嬌小的年輕人和文弱秀氣的青年。年紀和服裝毫無統一感，不過並沒有長相特別詭異的人。這一點反而有些恐怖。

「難道……他們是……」

彷彿要對抗煞氣逼人的大氣，如此嘀咕的雪菜重新握緊長槍。

她吞回去的後半句話，古城也已經明白內容了。

收容在這座巨大監獄結界的，不可能只有仙都木阿夜一人。既然仙都木阿夜能從中脫困，其他人沒有理由逃不出監獄。監獄結界的囚犯們。

靠普通手段無法去除威脅，性質最為凶惡的一群魔導罪犯——

「簡直……糟糕透頂……」

古城仍然護著受傷的優麻，表情扭曲發出嘀咕。傷口疼痛感加劇，流出的血逐漸濡濕古城的襯衫。

2

「仙都木阿夜……『書記魔女(Notaria)』嗎？妳撬開了那道可憎的監獄結界，我想先對此表示感謝之意。」

最先開口的是戴著絲質禮帽的紳士，年紀大約四十過半，體格結實有肌肉。但也許是服裝的關係，他流露出一股富知性又沉穩的氣質，即使混進上流階層聚會的沙龍或歌劇院，應該也不會遭到懷疑。

然而從他全身散發出來的，卻是藏不住的無比強大殺氣。他那雙怒火中燒的眼睛，正瞪著關心南宮那月安危的古城等人。

對監獄結界的囚犯們來說，將他們逮住並關進異世界的「空隙魔女」的同伙，應該是恨得連大卸八塊都不足以洩憤的仇家吧。

阿夜回望那群殺意沸然的逃犯，高傲地問道：

「就你們六個嗎……其他人怎麼了？」

「妳問個屁！還不都是這玩意在作怪！」

待在圍牆上的嬌小年輕人粗魯地回答了阿夜的問題。

綁得短短的雷鬼頭、色彩鮮豔的多層次穿搭，還有低腰的牛仔褲。雖然那算是褪流行的街頭風打扮，至少他在外表上的年紀和古城等人相去不遠。

不過，他終究是收容在監獄結界的凶惡罪犯之一。證據就在於他的左臂到現在仍套著黑灰黯淡的金屬製手銬。

「看吧！」

雷鬼頭的年輕人猙獰大吼，右手發出的殺招一閃即逝。

隨後發生了什麼，古城看不明白。他只知道站在年輕人前面的紳士，身體忽然像炸開似的血花四濺。

「修特拉．D，你這傢伙——！」

紳士咳出血塊，並用憎惡的眼神望向雷鬼頭。

從服裝和氣質可以想見這名紳士應為魔導師，而且還是罪行嚴重得被關進監獄結界的魔導罪犯。其肉體受強大的魔法障壁保護，半吊子的攻擊無法傷及分毫。正因如此，他才會成為被封印在異世界的重刑犯。

然而雷鬼頭的攻擊卻將紳士的那層防禦當紙一樣撕開，對無防備的肉體造成瀕死傷害。紳士的肩頭到腹部被摧毀，無從還手而當場跪倒。

「哈哈——！要恨就恨你自己身體太脆弱，魔導師！那玩意要來啦！」

雷鬼頭口氣興奮地大喊。

就在下一刻，套在魔導師左臂的手銬發亮了。黑灰色手銬噴出洪流般的無數條鎖鏈，毫不留情地綑住瀕死的魔導師軀體，將他拖進無物虛空。他的去處恐怕就是監獄結界內部。

「唔喔喔喔喔喔喔喔喔——！」

戴絲質禮帽的紳士拚命試著用受傷的身體抵抗，可是他施展出的魔法已經不具切斷鎖鏈的力量。他的肉體宛如陷入無底沼澤，被吞進虛空消滅了。

「……原來如此。表示監獄結界的逃獄防止機制……還健在？」

仙都木阿夜語氣平靜地嘀咕。

她和其餘逃犯對於魔導師消失這一點，似乎都沒抱著任何感慨，當然對攻擊他的雷鬼頭也不覺得憤怒。他們只是剛好收容在同一所監獄，本來就沒有絲毫伙伴意識。

「魔力或體力變弱的傢伙，就會像這樣被拖回結界。妳懂了沒？更虛的那些人打從一開始就出不來啦。」

被稱為修特拉．D的雷鬼頭年輕人露出犬齒恨恨地說。

「……在殺了『空隙魔女』讓監獄結界消失之前，我們似乎無法完全自由。呵呵……要是妳明白了，能不能快點說出那女人的下落？同樣是魔女，妳心裡多少有底吧？」

接在雷鬼頭的話之後，質問阿夜的是個青紫色頭髮的年輕女性。

要說是美女，她的氣質倒挺頹廢，還能感覺到一股淫靡魅力。長大衣底下的服裝極為暴露，散發出娼妓般的氣息。

然而，她望著仙都木阿夜的雙眼卻是由淒厲殺氣所點綴。

阿夜泰然自若地忽略那股殺氣，緩緩搖了頭。

「抱歉，我不清楚。想殺那女的，妳只能自己找。」

「是喔～很有趣嘛……『圖書館(LCO)』的總記(General)小姐。既然這樣，妳也沒屁用啦。」

修特拉．D帶著好戰的態度揚起嘴唇笑了。和之前攻擊戴絲質禮帽的紳士時一樣，他舉起右臂瞪了阿夜。既然不能合作，他也會宰掉阿夜——他狂傲的態度如此透露。沒利用價值的人對他來說，應該全被當成敵人。

依然一臉慵懶的阿夜將裹著長長衣袖的左臂伸至修特拉面前。握在她手裡的是一本古老書籍。

「別心急，山猴……我不清楚南宮那月的下落，但我沒說不幫忙。」

「啥？」

舉著手臂的修特拉停下動作。他似乎無法理解阿夜話中之意，心裡正感到困惑。

「《No.014》……操控固有堆積時間(Personal History)的魔導書嗎？原來如此……有意思。」

一臉內行地代替修特拉點頭答腔的，是個長相秀氣的青年。

「什麼意思啦？冥駕？」

「麻煩你不要叫我的名字叫得那麼親暱……哎，算了。」

叫作冥駕的青年將眼鏡扶正，然後望向修特拉。

「簡單說呢，就是詛咒。仙都木阿夜借用魔導書的力量，對『空隙魔女』下了詛咒。現在的南宮那月恐怕已經失去記憶了——對吧，仙都木阿夜？」

「沒錯……正確來說，我奪走的不只記憶，而是那傢伙經歷的時間。」

「奪取堆積於他人肉體的時間……那就是『圖書館』總記獨有的魔導書能力？原來如此……耐人尋味呢……」

青年語氣平板地說。修特拉・D不高興地哼聲插嘴：

「我管她是奪走記憶還是時間……喂，幹那種事有什麼意義？」

「那代表現在的南宮那月不會用魔法。她恐怕也用不了『守護者』的力量。」

青年露出刻薄的笑容說道。

南宮那月是可以將空間操控自如的強大魔女。為了獲得魔女之力，她付出的契約代價是管理監獄結界的驚人重擔。與代價成正比，她被賦予了超乎尋常的強勁魔力。而且和魔族交手長達十年以上的經驗，更讓她成長為一名狡猾的攻魔師。只要是囚禁於監獄結界的罪犯，都知道南宮那月的可怕。

可是仙都木阿夜的魔導書從那月身上連根奪走了她的魔力根源——

「這樣啊……那本魔導書將她得手的力量……不對，將她為了獲得力量所花的時間和經驗全都歸零了……是這個意思嗎？」

總算理解狀況的修特拉愉快地揚起嘴唇。

「我花十年布下計謀，將親生女兒的肉體當成誘餌，才終於得到機會對『空隙魔女』報一箭之仇。儘管……只是區區的一擊，要讓我的魔導書發揮效果……已經足夠。」

仙都木阿夜疼愛地撫摸著魔導書封面自言自語。為了逃離監獄結界，非得讓南宮那月斃命——阿夜知道這點。

因此阿夜才會一直等。等那月露出瞬間的破綻；等魔導書這張王牌在那月身上發揮效果的剎那。

「南宮那月似乎在徹底失去魔力的前一刻逃了。不過只要妳還啟動著魔導書，她就再也不能使用魔法。接下來只要我們當中有人能找出逃亡中的她，補上最後一擊就行了。沒錯吧，仙都木阿夜？」

戴眼鏡的青年口氣冷靜地向阿夜確認。

阿夜不語。她那副態度大概是要眾人自行判斷的意思。

「既然這樣，要我幫忙也是可以喔，仙都木阿夜。殺了那個女的是大家共通的想法——就規定成先搶先贏如何？」

青紫色頭髮的女子望著自己左臂上的手銬，嫣然露出微笑。

修特拉．D嘔氣般撥了撥雷鬼頭。

「呿！光聽就覺得麻煩，算啦。反正在牢裡窩這麼久，身體也變遲鈍了，當成復健說不定正好。」

其他逃犯也默默點頭，好像都贊同他的話。

找出並收拾逃走的那月。至少在達到目的之前，逃犯們似乎達成聯手的共識了。

那月的魔法依然被仙都木阿夜封印著，即使她是在失去力量前逃走，應該也逃不了多遠，恐怕還在絃神島的某個地方。要是讓逃犯就這樣離去，那月被找到八成只是時間問題。現在的那月喪失了記憶，已經處於走投無路的困境，想來不會有能力和監獄結界的囚犯交手。

開什麼玩笑——古城撇著嘴走向前。

他把渾身是血的優麻交給雪菜，瞪著逃犯們說：

「慢著……你們覺得我聽了這些還會放你們走嗎？」

「……啊？這小鬼說啥屁話……？」

修特拉不耐地將視線轉了過來，彷彿終於想起有古城在場。

古城捂著胸口的傷，目光仍沒有從他們身上移開。

監獄結界尚未完全破除，還有可能再次將他們封印。

不過，為此就非得保護逃亡中的那月才可以，絕不能讓逃犯追上她。

「對喔，還有你在呢。第四真祖，趁這個機會先將你除掉好了——」

戴眼鏡的青年語氣和緩地說道。

大衣女子瞇起魅眼瞪視古城；甲冑男子不發一語地將手伸向背後的劍；老人則舉起乾枯的手臂笑了。

沒有一個人畏懼古城。即使面對的是世界最強吸血鬼，他們都理所當然地認為自己不可能落敗。

即使如此，古城有他非攔住逃犯不可的理由。

畢竟之前被利用來破除監獄結界的，就是第四真祖的魔力。

古城對此難免感到有責任。在他得知那月為了守護監獄結界的封印，付出什麼代價之後更是如此。

「受不了……就憑你這個吸血鬼真祖，也想攔住本大爺？」

修特拉藐視古城般放話，然後從塔上縱身跳下。

他和古城的距離在十公尺以上，並非能徒手攻擊到古城的間距。但是修特拉不管這些，只顧猛力揮下高舉的右臂。

儘管散發的殺氣強烈，從修特拉的右臂幾乎感覺不到魔力。古城判斷那單純是威嚇，所以沒打算閃避。然而——

「——這樣不行，學長！」

雪菜一臉急迫地大叫，並挺身向前保護古城。

隨後落在雪菜頭頂的，是猛烈得足以讓大地轟鳴顫動的爆壓。

雪菜舉起銀槍擋住修特拉發出的烈風。宛如鐵鎚搗下的巨響轟然炸開，長槍軋然嘶鳴。

雪菜當場跪下，彷彿承受不了那驚人的重壓。

「姬柊！」

衝擊的餘波壓境掃過，令古城驚呼。

可以隔著十幾公尺攻擊對手的不可視斬擊——這好像就是修特拉．D這名年輕人的能力。之前紳士風格的魔導師身受重創，恐怕也是挨了同一招。

不過讓古城吃驚的是，雪菜無法徹底防禦修特拉的攻擊。

雪菜的長槍理應能讓萬般魔力失效。這表示修特拉．D的攻擊連「雪霞狼」的防禦都能突破？

「……那把槍是啥玩意？居然擋下了本大爺的轟嵐碎斧？」

然而，修特拉．D同樣大受動搖。他應該沒想到像雪菜這樣纖弱的少女，竟能撐過自己的必殺一擊。

「妳很行嘛。這下傷到我的自尊心啦！那就稍微認真點吧！」

修特拉粗魯地大吼，並再次舉起手臂。可以感覺到之前無法相比的驚人殺氣正逐漸凝鍊成形。

「學長……這裡交給我，請你帶著優麻逃走。」

拄槍起身的雪菜，表情並不從容地對古城下命。

古城一瞬間說不出話。光是修特拉就充滿了威脅性，在場的逃犯還不只他一人。

連仙都木阿夜在內，這群人的戰鬥力仍是未知數。不論雪菜是多優秀的攻魔師，想要對付所有人也不可能毫髮無傷地取勝。況且現在的她，已經和ＬＣＯ的魔女及優麻交手過而耗力甚鉅。負傷的並不只古城而已。

「不行，姬柊！如果妳要留下來，還不如讓我——」

「不可以。我不能讓學長在這種地方使用眷獸。」

古城被雪菜冷靜地反駁，根本無法回嘴。

他的眷獸太過強大，會摧毀掉監獄結界，因此他不能攻擊逃犯，更遑論在目前這種對眷獸駕馭得並不穩定的狀態下。

「請學長帶著優麻逃走。在那之前，我會幫你們爭取時間！」

雪菜背對古城，單方面迅速將事情交代完。

「姬柊！」

「請學長快走。你想對南宮老師和優麻見死不救嗎！」

「——就算這樣，我也不能丟下妳不管吧！」

古城忍不住吼了回去。雪菜的判斷看似冷靜，實際上卻是理所當然地認為自己犧牲也可以，這實在讓他火大。

或許是因為古城的反應出乎意料，雪菜訝異地睜大眼睛愣住了。

她看起來也像對古城頑固的態度感到生氣，但臉頰卻看似害羞地微微泛紅。

無言的兩人瞪著彼此，只有短短一瞬——

隨後修特拉就朝古城他們揮下了不可視的斬擊。

「哈哈——！將你們一起剁爛好啦，第四真祖——！」

古城和雪菜反應得太晚，躲不掉修特拉的攻擊。緊接著——

眩目的深紅閃光徹底蓋過屏息的兩人眼簾。

3

近距離承受爆炸餘波讓古城的耳膜麻痺了。人工大地不安定地搖晃，根本無法站直。地面嚴重凹陷成火山口狀，飄揚的煙塵將視野完全遮蔽，飛散的瓦礫如冰雹一般，接連撒落在地上。

然而，修特拉・D的攻擊並非肇因。證據就是他面對傾盆而下的瓦礫，同樣露出了滿臉愕然的表情。

「剛才那是啥！」

修特拉仰望著被朱紅晚霞掩覆的天空大喊。阻礙他攻擊的是從虛空飛來的巨大火團，來自遠距離的魔法攻擊。

修特拉還以為那是其他逃犯的把戲，結果並非如此。那些人都忍俊不住地冷冷望著狼狽的他。

當然那也不是古城下的手。不過，古城對使出那波攻擊的人心裡有數，他之前也看過一次和那十分酷似的魔法。

匹敵吸血鬼眷獸的壓倒性破壞力。

靠人類聲帶和肺活量無法吟唱的高密度咒語，在誦詠後所催發的咒術炮擊。那是獅子王機關的制壓兵器，「六式重裝降魔弓（Der Freischütz）」的魔彈。

「——狻猊之舞伶暨高神真射姬於此誦求。」

從古城等人背後傳來的是少女攻魔師編織成串的禱詞。煌坂紗矢華衝破堆積如山的瓦礫，拉著一把金屬製的西洋弓現身了。

馬尾隨風飄曳的她搭著令人意想不到的交通工具。

那是一輛由巨大軍馬拉動、具古代騎馬民族風格的戰車。太不符常識的景象，連修特拉．D都只能傻眼地坐視事情發展。

「極光的炎駒、煌華的麒麟，汝統天樂及轟雷，乃披憤焰貫射妖靈冥鬼之器——！」

趁機詠完禱詞的紗矢華朝天空放出搭上弦的箭。

經特殊加工的嚆矢飛射出去，灑下猶如詛咒的怪異聲響。那陣殘響旋即化作灼熱的雷霆，陸續落在逃犯們頭上。

監獄結界到處湧現大規模爆炸。

儘管那些人不是這點攻擊就可以打倒的對手，至少也能發揮掩護效果，從他們的視線範圍內隱藏古城等人的行蹤。遠遠能斷續聽見修特拉·D因戰鬥被攪局而破口大罵的聲音。

趁這個空檔，載著紗矢華的戰車以車輪重重劃過地面，停在古城他們面前。

「快上來，雪菜！曉古城也順便上車！」

紗矢華喊得並不從容，同時更一舉射出好幾支新的咒箭。無數爆炎先後飛落，攔阻了逃犯們的追擊。

「煌……煌坂……？呃，就算妳叫我們上車……」

古城仰望不停喘氣的紗矢華，本能地感到遲疑。

近距離仰望戰車，魄力非同小可。蹄聲響亮的軍馬頭部戴著鐵盔，駕駛座上還添了類似血印的詭異巧思做裝點。車軸前端更嵌著金屬尖刺，一看就給人凶惡的印象。那明顯不是什麼正常的交通工具。

不過除了搭上去以外，似乎也沒有別的辦法能度過難關。

「學長，將優麻帶上車！」

雪菜攙著受傷的優麻大喊。哎，可惡——如此咒罵的古城，心境有一半已變得自暴自棄，卻還是將她們推上怪模怪樣的戰車。接著，他自己也踏上駕駛座的台階。紗矢華確認他也踏上馬車，立刻急著駕車疾驅。

「唔啊啊啊啊啊，會摔下去會摔下去會摔下去！」

這輛車太不安穩，讓古城發出窩囊慘叫。輾過瓦礫的車輪大幅震盪，古城差點從傾斜的駕駛座摔出去。

「呀啊……！你……你在摸哪裡！」

紗矢華被古城從背後摟住，頓時僵著身體尖叫。馬車在這段期間還是繼續加速，駕駛座震動得越來越劇烈。

「——我找不到其他地方能抓，沒辦法吧！」

古城拉高音調辯解。放手鐵定就會被拋到戰車外面，所以他相當拚命。兩隻手要顧著弓和韁繩的紗矢華也沒辦法將他甩開，只能忸忸怩怩地擺身掙扎。

「就算這樣，你怎麼可以當著雪菜面前……反正你抓下面啦！要抓的話，就再往下一點……不對，你現在太下面了……！不……不要把臉貼過來！」

「我又不喜歡這樣！這輛戰車晃過頭了啦！話說為什麼會有戰車！」

「它就擱在路邊，我只是借用一下而已嘛！又沒有其他能用的移動方法！」

「鬼扯什麼啊！這種玩意哪有可能隨便擱在路上！」

「我就是遇到了啊，有什麼辦法！」

古城和紗矢華一邊在狹窄的駕駛座上大鬧一邊毫無緊張感地鬥嘴。雪菜面無表情地仰望著這樣的他們，傻眼地發出嘆息。

明明載著四個人，軍馬拉著戰車的腳程卻始終沒有變慢，速度異常得實在不像只由一匹馬拉的車。

罩在馬頭上的鐵盔刻有「柯修塔・巴瓦（Cóiste-bodhar）」字樣，那似乎就是這匹軍馬的名字。古城心想這馬名似乎在哪聽過。記得出現於中世紀歐洲傳說的無頭騎士妖怪——「杜拉漢」的愛馬，就是叫這個名字才對。

回想到這些的古城眼前，有陣金屬脫落聲「喀」地響起。罩著軍馬頭部的鐵盔裂開，連同紗矢華原本握著的轡繩一起掉在路上。

「牠……牠的頭……？」

古城茫然望著持續飛奔的軍馬，嚇得倒抽一口氣。

原本該在鐵盔底下的馬頭完全不見蹤影。軍馬從脖子以上的部分都不翼而飛，就像被巨大斧頭砍過。拉著紗矢華這輛戰車的，原來是一匹無頭妖馬。

「這匹馬怎麼搞的……？妳到底是從哪弄來這種東西的啊！」

「……學長，請你鎮定一點！這匹馬大概是機械。」

雪菜摟著沒有意識的優麻，冷靜地指正。

臉色慘白的紗矢華動作生硬地回頭說：

「機……機械……？這是機器馬？」

「妳自己也沒發現嗎！」

古城瞪著紗矢華大叫。我哪有辦法，一般又不會想到有機器馬被擱在路邊——紗矢華鼓著臉嘀嘀咕咕地找藉口。

雪菜無奈地嘆氣說：

「我猜，這恐怕是波朧院節慶的遊行要用的吧……」

「遊行……對……對喔……遊行嗎？」

動搖的古城勉強振作起來，捂了捂胸口。

正轟動舉行的波朧院節慶，是「魔族特區」以萬聖節為藍本的祭典。街上滿是參考怪物或妖怪設計的裝飾品，也有許多化裝參加的遊客。到了晚上的遊行，更會大量投入用豪華燈飾裝點的花車。這輛無頭騎士(杜拉漢)的戰車，八成也是其中一輛花車吧。

除了脖子以上沒有頭之外，和普通的馬幾無分別，或許這是「魔族特區」內的企業為了彰顯技術力才準備的宣傳用概念機。紗矢華似乎毫不知情就擅自借來了。

真會給人找麻煩——古城心裡難免這樣想，可是多虧這輛戰車才得救也是事實。靠普通車輛或機車，應該沒辦法將古城他們載出那座堆滿瓦礫的人工島。

「……對了，曉古城……你……回到原本的身體了？」

嘛嘴鬧脾氣的紗矢華，像是忽然想起另一樁事情，蹙著眉頭問古城。這麼說來，之前最後一次見到她，古城和優麻的身體還處於交換的狀態。

「嗯，設法換回來了。可是因為如此，這傢伙就……」

古城一臉不甘地咬著嘴唇，望向躺在駕駛座上的優麻。

渾身是血的優麻瞳孔放大，無法動彈。呼吸不規律且微弱，體溫也極低，肉體比外表傷勢呈現的更耗弱。被仙都木阿夜搶走「守護者」的她，目前就像被人扯開了部分靈魂。

「……這個女生，應該是ＬＣＯ的罪犯吧？」

紗矢華彷彿存有戒心，望著優麻發問。不對——搖頭否認的古城回答：

「這傢伙只是受了利用而已……被自己的母親利用。」

「母親？怎麼回事？」

「一個叫仙都木阿夜的女人，她被關在監獄結界。那傢伙是魔女，刺傷了優麻，還想要那月美眉的命。可惡，也要去找那月美眉才行……」

「唔？咦？你說的那月美眉……是指南宮那月？『空隙魔女』刺了誰啊？」

古城笨拙的說明害紗矢華聽得更加迷糊。一臉無奈的雪菜只好插進兩人的對話。

「仙都木阿夜是收容在監獄結界的罪犯，人稱『圖書館』的『總記』。」

「ＬＣＯ的大司書……所以，這個女生的媽媽就是……」

「沒錯。她在優麻身上施加魔女的契約，用來幫助自己逃獄。」

「……女兒沒利用價值以後，就這樣對她嗎？好過分！」

總算弄明白的紗矢華撇了嘴，怒氣騰騰地望著背後逐漸遠離的灰鋼色要塞。

「那些逃犯為了讓監獄結界停止運作，都想要南宮老師的命。我們必須趕在那之前保護老師……可是，也不能就這樣擱著優麻不管……」

雪菜說著煩惱地垂下目光。紗矢華也一臉嚴肅地嘆道：

「的確很糟糕……照目前這樣，她可能撐不過去。」

「……有沒有辦法救她？煌坂？是妳的話，可以像上次那樣……」

古城用求助的語氣問了紗矢華。之前紗矢華曾當著古城的面，對身負重傷的亞絲塔露蒂進行急救，才保住她的性命。

然而，紗矢華只是露出難過的表情，無力地搖搖頭。

「不要亂出難題給我啦。那個時候只要能止血就有救，可是要修復被扯斷的靈能路徑，根本超出我的能力範圍了。非得請到強大的魔女或專門的魔導醫師才可以……」

「魔導醫師……嗎……？」

古城在口中反芻紗矢華的話並抬頭。

載著古城一行人的戰車已經駛入遠離港灣地區的市街。人工島北區——這裡是企業以及大學的研究設施林立的研究所街。行人之所以稀少，大概是波朧院節慶舉行期間泰半職員都放假的緣故。

已經看不見浮在洋面上的監獄結界，修特拉．D那伙人似乎也沒有執意追殺古城他們。

確認過這點，古城像是下了某種決心，語氣強硬地說：

「煌坂，在下一個紅綠燈停下來。」

「咦……為什麼？」

聲音顯得訝異的紗矢華反問。

「我想到有人可以治療優麻了。剛好就在這前面的白色建築物。」

「是……是喔？不過你說停下來……要怎麼停？」

紗矢華冷汗直流。她畏畏縮縮伸出來的手裡，只握著一條被扯斷的韁繩。

假如是細心調教過的馬，只要輕輕拉韁繩就會停下來。可是拖著戰車的「柯修塔．巴瓦」沒有頭，當然也沒地方能上馬勒或套韁繩。

察覺這一點的古城臉色發青。

「妳……妳妳妳……妳現在打算怎麼辦？這匹馬要怎樣才會停下來！」

「你……你問我，我哪有可能知道……！」

「這不是翻臉不認帳的時候吧——！」

看來在鐵盔脫落時，無頭馬早就失控了。狂飆的戰車脫離紗矢華掌控，正風馳電掣地在研究所街的馬路上往前衝。

錯身經過的對向車和行人察覺到無頭馬拖的戰車，都露出傻眼的表情。可是古城等人沒有多餘的心思在意他們。

無頭馬衝到紅燈路口，閃過了直行車並擅自變更路徑。

戰車急速拐彎，車輪迸出劇烈火花，行進軸線也大幅往外側偏移。駕駛座衝上人行道的高低差，零件一路四散飛落的同時更將柏油路面刮掉一層。

「唔喔喔喔喔！剛才好險！這玩意沒有緊急煞車裝置嗎！」

古城又緊緊摟著紗矢華的腰抗議。為了避免沒有意識的優麻被拋出車身，雪菜使勁按住她的身體。

紗矢華癱坐在駕駛座上，茫然望著戰車的行進方向說：

「這下可能……有點不妙了……」

「啥……？」

古城發現擋在正前方的混凝牆，忍不住瞪大眼睛。環繞企業研究所的堅固圍牆聳立在眼前，擋著戰車的去路。戰車若是繼續失控，免不了要撞上那堵牆。

「煌坂，用『煌華麟』！將馬切離車身——！」

「你……你憑什麼命令我啊……！」

紗矢華儘管嘴裡抱怨，仍照古城所說舉起愛劍。那是「六式重裝降魔弓」的長劍型態。銀色劍刃一揮，連接無頭馬和駕駛座的曳引桿被輕易斬斷。

軍馬從沉重的駕駛座獲得解放，又順勢加速，輕鬆越過直逼而來的圍牆，然後直接穿過研究所中庭，立刻就跑得不知去向了。

另一方面，載著古城等人的駕駛座向地面前傾，速度在橫向甩尾間逐步減緩，迴轉了半圈才停止，深深留在地面的車輪軌跡正冒出焦臭白煙。

古城望著原本即將撞上的圍牆，虛弱地發出嘆息。走錯一步就會發生慘劇，這樣倒分不出是被紗矢華救了或是差點被她殺了。

話雖如此，看到紗矢華疲憊不堪的臉龐，古城也無意責怪她。趕來救古城等人以前，她還忙著對付ＬＣＯ的兩名魔女。在這種狀態下，她還用「六式重裝降魔弓」連射了好幾箭，把古城他們從困境中救出來。向她表示感謝都來不及了，古城根本沒道理抱怨。

「……總之，我們也抵達目的地了。」

古城下了駕駛座，仰望著正面的建築物嘀咕。那是由數棟大樓構成的巨大研究所，統一成白色的外牆，讓人不禁聯想到醫院。

「這裡……該不會是ＭＡＲ的研究所吧……？」

雪菜忽然抬頭問了古城。ＭＡＲ——Magna Ataraxia Research公司，是東亞地區具代表性的大型企業，全球屈指可數的魔導產業複合體。

「對啊，裡面那一棟是訪客用的招待所。走這邊。」

古城抱起昏睡的優麻，走向研究所入口，雪菜也默默跟在後頭。差點被獨自留下的紗矢華則快步追上古城他們問道：

「曉古城，為什麼你會知道這些事？」

「……假如她沒回家，人應該還留在這裡才對。」

古城皺著一張苦瓜臉回答。紗矢華不解地偏頭。

「你說的是誰？」

古城不知為何顯得有些困擾，搔了搔頭，回望紗矢華咕噥：

「——曉深森，我的母親。」

4

夜晚滿是觀光客的大街上，用無數燈泡裝飾的花車以及舞孃們正在遊行。波朧院節慶的第一夜，著名的夜間遊行開始了。

藍羽淺蔥隔著大玻璃窗望向那璀璨亮麗的光景，深深地嘆了氣。

這裡是家庭餐廳的包廂。坐在淺蔥對面的，是個穿著可愛禮服的女童。整片劉海和大緞帶搭配得十分合適的她，打直背脊坐在椅子上，等餐點等得心急。

「讓您久等了。這是期間限定的光明萬聖節漢堡排附大碗白飯以及兒童烤薄餅套餐。」

打扮成萬聖節風格的女服務生，雙手端著滿滿的盤子走來。緞帶女童帶著一絲躁動，仰望著端來的料理。

「請慢用～」

目送親切招呼的女服務生離去以後，綁緞帶的小女孩往上瞟向淺蔥。是不是可以開動了呢？她大概是在等候淺蔥的反應。

淺蔥微微苦笑，然後將刀叉遞給她。

綁緞帶的小女孩接下刀叉，動作生疏地開始切起烤薄餅。她張大玲瓏小嘴，咬下塗滿糖漿和奶油的烤薄餅。

「好吃嗎？」

淺蔥帶著一副忍笑般的表情。

宛如松鼠鼓著雙頰的女童點頭。

「是喔。那太好了。」

淺蔥說著深深嘆息。事到如今，她才問自己為什麼會變成這樣。

她在波朧院節慶前一天，忽然被叫去人工島管理公社，被迫熬夜處理意外狀況，結果辦公處的樓頂還被罪犯占據，害她絆在大樓裡出不去。等事件總算收拾完畢，正以為能夠回家的時候，又被來路不明的女童纏到現在——狀況就是如此。再怎麼說也未免太不幸了。

當她在吃這種苦頭時，古城肯定正在和那個國中部的轉學生，或漂亮的青梅竹馬享受節慶吧。光想像這些她就滿肚子火。

「媽媽……妳在生氣嗎？」

綁緞帶的小女孩貌似擔心地仰望淺蔥，發問的語氣缺乏抑揚頓挫。

「咦？啊～沒有沒有，不是那樣啦……我只是在想一些事情。」

淺蔥猛一回神才擺出生疏的笑容搖頭。為女童著想的她做了反省。和她相比，真正感到苦惱的是這個小女孩才對。和家長走散，肯定會覺得相當不安。

「欸，妳有沒有想起什麼？說說看嘛，比如妳叫什麼名字？」

淺蔥配合緞帶女孩的視線高度，試著溫柔地提問。

可是，女孩只默默搖頭。

到目前為止，淺蔥也試著問過幾次一樣的問題，這個女孩卻答不出自己的名字和家裡地址。她看起來比外表懂事，應該不會聽不懂問題的意思。說不定是失去記憶了。

「那麼，妳媽媽叫什麼名字？」

淺蔥耐心地繼續發問。這次立刻就有了回答。

「藍羽淺蔥。」

「為什麼會這樣嘛……」

淺蔥感到無力的同時，還是坐立難安地將餐點送入口中。

一瞬間，她設想這個女童真的是自己女兒的可能性。比如她在未來生下的小孩，透過穿越時空之類的現象被送到現代了——有沒有這種可能？不不不，這實在沒道理。將這麼年幼的小朋友一個人送來現代，也搞不懂有什麼意義。基本上以淺蔥的女兒來說，這個女孩既不像淺蔥也不像古城。呃，和古城倒是沒有關係啦——腦中浮現諸如此類的想法，讓淺蔥陷入思考的迴圈。

「對喔。我還在想……妳怎麼有點面熟……」

淺蔥望向大口吃著烤薄餅的女童，這才終於發現她身上散發的既視感從何而來。這個綁緞帶的女童，和淺蔥他們班的導師南宮那月長得很像。鑲滿荷葉邊的禮服以及長黑髮，還有人偶般的容貌都很像，難怪淺蔥會覺得面熟。

「欸，妳有沒有聽過南宮那月這個名字？說不定那是妳真正的媽媽……」

淺蔥無意識地壓低音量。南宮那月有張在初次見面幾乎一定會被誤認成小學生的娃娃臉，不過她仍自稱二十六歲，有個四、五歲左右的女兒也不算突兀的年齡。

萬一這個緞帶女童真的是那月的女兒，也有可能是看了母親帶回家的班級照片或資料，才會認得淺蔥的臉。她會和淺蔥親近，姑且也能藉此得到解釋。然而——

「南宮……那月……」

緞帶女童結結巴巴地如此嘀咕著，停下了用餐的手，看不出情緒的大眼睛正望著淺蔥。那雙眼睛忽然大受動搖，透明的水滴從中盈現，大滴眼淚撲簌簌地落了下來。淺蔥見狀慌忙出聲問她：

「等……等一下啦……妳怎麼了……？」

「我不知道。」

緞帶女童緩緩搖頭。從她的聲音中聽不出傷心的調調，似乎連她自己也無法理解為什麼會哭。

可是這麼一來，緞帶女童和南宮那月有關係的可能性，應該可說大大提高了。這樣的話，這件事對淺蔥來說也未必毫無關係。看來她要照顧這個小女孩已經是無可避免的命運。

「唉……」

那就沒辦法嘍——嘆氣的淺蔥似乎想開了，抓起幾張餐巾紙朝緞帶女童的臉頰伸出手，為她擦去淚水。

「我知道了。這樣吧，現在起妳的名字就叫小那。」

「小那？」

「對，這是在妳想起真正姓名以前用的綽號。沒有名字，叫妳的時候也不方便嘛。」

聽完淺蔥解釋，女童困惑似的眨了幾次眼睛。不久她害羞般臉頰泛紅，嘴邊也露出小小的微笑。

「小那……是我的名字。」

「嗯。」

淺蔥確認小那覺得開心，自己也偷偷露出笑意。

因為她是和那月長得一模一樣的女童，就像小時候的那月美眉。小那月美眉，然後再簡化成「小那」——雖然這個綽號是這樣隨便想出來的，幸好她似乎也很中意。

話雖如此，光是取個名字根本沒有解決淺蔥她們面臨的問題。

小那的本名依然不明，淺蔥總不能帶她回自己家裡。警察的迷路兒童協尋中心早就呈現爆滿狀態，大概不能期待有什麼迅速的應對。

要動用摩怪倒也可以，不過就算是淺蔥，也會猶豫該不該把絃神島的主電腦用來幫迷路的兒童找媽媽。

「……小那？」

怎麼辦才好呢？大啖漢堡排的淺蔥感到苦惱，但她發現小那不時會瞥向窗外。小那好奇的是橫越馬路的一支遊行隊伍，在花車上跳舞的動物布偶好像特別吸引小那。

「妳對遊行好奇嗎？」

淺蔥這麼一問，小那頓時肩膀發顫。她用害怕得像隻小貓的眼神看著淺蔥，微微點了頭。看到她這種態度，淺蔥苦笑著說：

「要去看嗎？」

聽到了這句話，小那的表情瞬間豁然開朗。她連忙吃起剩下的烤薄餅，打算快點把餐點吃完。

「哎……可愛是可愛啦。」

淺蔥感到溫馨地望著小那和年齡相符的天真舉動，一邊微微聳肩。

她漫長的一天似乎還會持續一陣子。

5

ＭＡＲ研究所腹地廣闊，無數大樓串連成複雜的立體結構。古城抱著昏睡的優麻，毫不遲疑地走在其中。

後來他抵達的是位於腹地一隅的圓筒型大樓。

令人聯想到度假公寓的時髦建築。

原本那是用來讓島外訪客或研究者過夜的招待所，不過古城他們的母親——曉深森擅自將其中一間充作己用，一週當中有大半日子都是在這裡過夜。以家長來說感覺是有點問題，但古城處於被扶養的立場，也不太好抱怨什麼。

古城將手掌貼在靜脈認證用的觸控板上，打開了接待所的玄關大門，然後熟門熟路地走進以大理石裝潢的豪華大廳。

「曉古城……你……你媽媽就是在這裡嗎？」

紗矢華追在古城等人後頭，表情緊繃地問道。應聲的古城無精打采地嘆氣。

「我媽是ＭＡＲ醫療部門的主任研究員啦。她也有臨床魔導醫師的資格，而且和優麻算彼此認識。」

可以的話，我並不想讓她牽扯進來就是了——古城皺著臉嘀咕。

古城並沒有向深森透露自己變成吸血鬼的事。那和為了妹妹的魔族恐懼症著想出於不同理由，背後另有不想讓母親知道的因素。

要是不小心讓那個母親知道自己變成吸血鬼，她肯定會興高采烈地監禁古城，好將古城渾身上下調查透徹。反正吸血鬼會再生嘛——那個女的難保不會這麼一想，就對古城下手進行解剖。

想像這些的古城面容變得愁雲慘霧，而在他後頭，紗矢華卻莫名地像是被逼急了，全身扭來扭去地說：

「先等一下……那個……我還沒有作好心理準備……」

「……妳幹嘛緊張？」

古城搭上電梯，一臉納悶地回頭問。紗矢華瞬間滿臉通紅，尖聲回嘴：

「我……我才沒在緊張咧！」

「妳連用詞都變奇怪了吧。」

古城有些傻眼地嘆氣。反正紗矢華的怪模怪樣也不是一天兩天的事，他決定不去在意。

電梯載著古城一行人到了要去的樓層。直到這時候，雪菜才略顯顧忌地問：

「我們一起來打擾不會有問題嗎？」

雪菜低頭看著自己的藍色圍裙洋裝，表情顯得不知所措。

經歷過激烈戰鬥，她這套衣服滿是灰塵和刮痕，顯得破破爛爛的；銀槍更濺到了血污，就算硬拗是波朧院節慶的裝扮也實在有些勉強。無論怎麼看都不是適合穿來見熟人母親的服裝，即使對方立刻報警處理也怨不得人。

什麼嘛，妳在顧慮這個啊——不過，古城只是淡淡苦笑著如此表示。

「那大概不用擔心，我想妳們見過她就會懂了。」

「是……是喔……」

雪菜和紗矢華還有點猶疑，但古城沒理她們，按下了深森占據的房間門鈴。間隔了一會，對講器傳來軟綿綿的聲音：

『來了來了～請問是哪位？』

「媽，是我。不好意思，有點事要拜託妳——」

為了不讓悠哉得像是長不大的媽媽牽著鼻子走，古城盡可能擺出一板一眼的態度。然而深森中途就打斷兒子的話。

『哎呀，古城？好好好，等一下喔，我現在就開門。』

她開心地說完以後，門板另一邊傳出她忙得跑來跑去的動靜，然後門鎖開了。古城確認這一點，伸手打開門。

霎時間，從房裡竄出一個披著白衣的巨大南瓜怪。頭的直徑超過一公尺的南瓜怪兩眼發光，朝古城等人衝了過來。

「嘩啊！」

「呀啊啊啊啊啊！」

莫名緊張僵硬的雪菜和紗矢華面對這意外的襲擊，都招架不住地發出尖叫。她們從左右兩邊摟住古城，慌慌張張地打算亮出武器。

穿著白衣的南瓜怪似乎對兩人的反應很滿意，笑得十分開心地將頭套「啵」一聲拔了起來。從中露面的，是個娃娃臉的可愛女性。

她看起來比實際年齡年輕許多，大概是缺乏緊張感的開朗表情所致，要不然就是精神年齡之低和外表呈正比——

「哼哼……嚇到了嗎？」

曉深森得意地挺胸問道。古城不耐煩地瞪著一臉得逞樣的母親說：

「嚇到啦！妳忽然搞什麼飛機啊！」

「誰叫今天是波朧院節慶嘛。我也好想去玩耶～不去死就搗蛋（Trick or Die）！」

「妳錯得太離譜了吧！有那種節日也太恐怖了！」

古城氣喘吁吁地大吼。他早就知道事情會變成這樣，才不想牽扯到這個人。

另一方面，深森望著緊緊貼住古城的雪菜和紗矢華問：

「哎呀，妳們是……？」

她露出高興得不得了的賊笑，像是小朋友得到新玩具的表情。深森來回看了呆站著的雪菜、紗矢華，以及被古城抱在懷裡的優麻，也不知道是怎麼想的，她突然用肘子頂向古城的側腹。

面對意想不到的突襲，古城「咕喔」地叫出聲音。

「妳幹嘛忽然打人……！」

「這些女生有夠可愛耶！」

深森無視於兒子的抗議，開朗地發出歡呼。接著她湊到古城耳邊問：

「是哪一個？誰才是你的真命天女？你們已經做過了嗎？討厭，我們家該不會要添新家人了吧？我就快變成奶奶了嗎？」

「既不會添什麼家人，妳也不會變成奶奶！至少聽人講幾句話吧！」

不由得感到虛脫的古城朝母親吼了一句，深森不滿地悶聲鼓起臉頰。過了三十歲還這副態度對嗎？感到些微頭痛的古城如此心想。愣住的雪菜和紗矢華都像雕像一樣動彈不得。

聽見玄關鬧哄哄的聲音，深森房裡冒出一個嬌小的人影。那是個將長頭髮束得像短髮，一雙大眼睛讓人印象深刻的少女。

「嗯？古城哥？」

「咦……！」

古城目瞪口呆地凝視著意外碰上的妹妹的臉。她沒交代半句話就跑得不見蹤影，之後也一直音訊全無，古城不明白她為什麼會在這裡。

「凪沙？妳……怎麼會在……妳是什麼時候過來的？」

「深森媽媽在今天一大早叫我送衣服過來啊。」

穿著黑貓扮裝服的凪沙反而一臉覺得奇怪的表情回望訝異的古城。

「然後妳就一直在這裡嗎……？」

「對呀。我在這裡打掃房間，還去拿了送洗的衣服，也有下廚做菜。畢竟交給深森媽媽的話房間就會一團糟，連冰箱都空蕩蕩的，好誇張喔。」

「是喔……這麼說來，記得這裡手機收不到訊號……」

古城對凪沙的舉動仍覺得有一絲不對勁，但還是安心地嘆了氣。由於監獄結界的事件和凪沙失蹤幾乎發生在同一個時間點，古城等人相當擔心。但既然凪沙本人平安就沒什麼好抱怨的，再說古城也不認為她在說謊。

「不提那些了，古城哥你怎麼會來？雪菜她們也一路跟著你嗎？」

突然被失蹤的凪沙問到，古城等人定住了。雪菜露出僵硬的笑容，不靈活地點頭說：

「晚……晚安。」

「還有，小優怎麼受傷了？發生了什麼事？那邊那個女生是誰？奇怪，我總覺得之前在哪裡見過她……」

凪沙一會兒看著優麻被古城抱在懷裡而大吃一驚，一會兒又半瞇著眼瞪向紗矢華，表情瞬息萬變之間還不斷地發問。

「請問，妳和古城哥……是什麼關係？」

「咦？問……問我嗎？」

紗矢華被凪沙一股勁兒貼到面前，無助地將目光別開了。之前，紗矢華在學校被凪沙目擊她攻擊古城的那場風波，也因為淺蔥曾在風波中受傷，紗矢華給凪沙的第一印象簡直糟到谷底。

怎麼辦——淚眼汪汪的紗矢華轉頭向古城求助，古城卻把臉湊到她耳邊說：

「抱歉，煌坂，幫我們拖住凪沙一陣子。」

「咦？咦咦！」

古城粗魯地將忍不住出聲抗議的紗矢華推給凪沙。凪沙則緊緊握住紗矢華的手腕，一語不發地瞪著她表示：「我不會放妳走喔。」

「欸……你……你給我記住，曉古城……！」

被凪沙帶走的紗矢華大聲抗議，古城則視若無睹地轉向母親那邊。

和笑咪咪的深森呈對比，古城顯得異樣疲憊。為什麼光是和母親講話就要吃這麼多苦頭？他幽怨地如此心想。

「……媽，我有事拜託妳。能不能為優麻診治？」

「哦？你說的優麻是指小優嗎？好懷念耶。對喔，小優是女生嘛。」

深森探頭看了被古城抱在懷裡的優麻，然後用臨床醫生的熟練手法碰觸她受傷的肌膚，接著將目光落在她胸前的傷口。

「發生什麼事了？古城？」

「現在沒空解釋細節啦。可是……優麻她其實是……」

「——魔女？」

「妳果然看得出來。」

被深森輕易說中，訝異的古城沉重地點頭。坦白講，他很慶幸能省掉說明的工夫。

「總之先讓我診療看看。好啦，快進來快進來。」

古城等人讓深森領著進了房間。在整體裝潢都相當高檔的招待所中，深森占據的是一間格外豪華的套房。

雜亂的房裡到處散亂著內衣、未拆封郵件，以及古怪的醫療器具。但凪沙似乎努力整理過，只有沙發周圍的狀況比較像樣。

古城讓優麻躺在那張沙發上以後，深森也換上新的白衣，邊消毒雙手邊走回來。她蹲到昏睡的優麻旁邊，手法慎重地開始診察。

「以出血量來說，外傷倒沒有那麼深，胸口的創傷也沒有傷及內臟。也許是靠著扭曲空間避開了致命傷——唔……這樣還是不太能掌握狀況。古城，你扶著這邊一下。」

「咦？啊，好的。」

古城照深森吩咐，把昏睡的優麻上半身捧起來扶穩。也不知道深森是怎麼想的，她緩緩將手伸向穿著禮服的優麻胸口。

「唷咻，好了……這個妳拿著。」

深森抽出了某個東西，然後甩到雪菜面前。雪菜接下那塊白色布料，一攤開就「哇」地發出慌張的驚呼。原來深森變魔術般從中抽出來的，是優麻的胸罩。

「妳……妳忽然搞什麼花樣啊……！」

古城連忙轉開臉不看雪菜那雙手，同時向母親抗議。然而，深森卻平靜而毫不慚愧地繼續診察並說：

「那會妨礙觸診，我就脫掉了……哎呀，小優真是的，一陣子不見就發育得這麼好，身為醫生可不能錯過……唔呵呵。」

深森擦了嘴邊的口水，莫名地開始揉昏睡中的優麻胸部。面對她那種幾乎只像個變態的態度，雪菜露出不敢領教的臉色。

「那個……伯母，基本上……對方是傷患……」

「哎呀。」

深森抬頭看了委婉規勸的雪菜，感興趣似的對她微笑。

「妳叫姬柊雪菜？」

「啊……是的。」

被人仔細端詳，雪菜無意識地端正姿勢。看她那樣的反應，心情大好的深森眉開眼笑。

「原來如此～啊，妳別擔心，我姑且也是醫療系的接觸感應能力者（Psychometrer）。只要直接碰觸皮膚，大部分的症狀都能診察到。」

「……難道妳是……過度適應能力者（Hyper Adapter）？」

雪菜訝異得倒抽一口氣。過度適應能力者是不仰賴魔法的天生「超能力者」的總稱。她們那些難以分門別類的能力中，有許多極其罕見的技能，甚至可以引發科技和魔法不可能辦到的現象。深森能在ＭＡＲ獲得優厚待遇，不只基於她的才幹，其特殊技能應該也占了滿大的因素。

「呃……可是，既然碰觸皮膚就夠了，那也不必揉胸部吧……？」

回神的雪菜冷靜一想，又用了不太能釋懷的口氣發問。那可就錯了——如此表示的深森大大地搖頭說：

「我這項能力的發動條件就是要揉可愛女生的胸部，所以我也沒辦法啊。」

「是……是這樣嗎？」

「——她當然是騙妳的。哪裡會有這麼下流的接觸感應能力者！妳不要對初次見面的人亂說話！」

古城護著差點信以為真的雪菜，凶巴巴地訓斥母親。發出怨聲的深森像是鬧了脾氣，鼓著臉嘟噥：

「我想摸就摸，有什麼關係。不能摸女生胸部的話，當魔導醫師根本沒有意義嘛！古城你也這麼認為吧！」

「誰理妳，別向我徵求同意！診療時認真一點啦，色狼醫生！」

古城瞪著招認的母親，身體湧上一股強烈的倦意，雪菜似乎也傻眼了。話雖如此，多虧深森這種胡鬧的態度，古城等人的緊張感得到了舒緩也是事實。如果是她，說不定就能拯救瀕臨絕命的優麻——深森不可思議地讓人抱有這樣的期待。

「……抱歉，我只找得到這種醫生。」

古城低聲向呆站著的雪菜賠罪。不會——否認的雪菜搖頭說道：

「我相當能理解，這一位果然就是學長的母親。」

雪菜靜靜地望著深森的臉龐，嘀咕得格外坦然。那是什麼結論？心有不滿的古城臉頰緊繃。但是猛一看，深森正把臉埋到優麻的胸部，興奮得鼻血直流。

「不用擔心，這是接觸感應的副作用，絕對不是出於邪念。」

深森抬起頭，說出毫無說服力的藉口。總之請妳擦掉鼻血吧——遞了面紙的雪菜如此表示。看來雪菜也找回原本的步調了。

「哦～看這道靈能路徑的傷……小優是被人強行奪走『守護者』了，對不對？」

接下面紙的深森將面紙塞進鼻孔，口氣認真地說。

是的——雪菜點頭肯定。即使看上去只像在胡鬧，深森的診斷依然正確。

優麻被人搶走了她立下魔女契約換來的「守護者」。若要比喻，那種狀況相當於人工心肺遭到摘除的強化人。剩餘的靈力要是持續從斷裂的靈能路徑流出，魔力到最後就會衰竭而讓她喪命。

「救得了嗎？」

古城表情不安地問道。誰知道呢——深森搪塞似的微笑著說：

「我要將小優抬到研究所那邊。能不能幫個忙？雪菜？」

「啊，好的……我明白了。」

被深森一問，雪菜將手搭在持續昏睡的優麻肩上。

「等一下。要抬優麻的話，我——」

「不行～我們的研究室男賓止步喔。」

像是要排擠困惑的古城，深森冷冷宣告。哪有這樣的——古城皺起臉孔抱怨，深森卻含笑對他說：

「況且需要治療的不只是小優吧？急救箱在櫥櫃裡面喔。」

深森朝古城的胸口搗了一記右鉤拳。低聲呻吟的古城當場倒地。

「學……學長？」

「我們走吧，雪菜。還有，妳可以叫我媽媽（婆婆）喔。」

「咦……？不是的，唔……我並沒有……」

深森她們擱下痛得死去活來的古城，將優麻抬了出去。古城確認雪菜已經離開房間，才無奈地在地板上伸直了腿。

可惡——嘴裡咒罵的古城低頭看向被母親揍過的胸口。

那裡留有從他傷口滲出來的一大片新血跡。

6

曉古城是吸血鬼。半年前，他偶然獲得人稱「第四真祖」的超凡魔族肉體——世界最強吸血鬼的肉體。

身兼魔導醫師的母親深森當然會察覺古城身上的變化——照理來想是如此，結果實際上倒沒這回事，原因出在深森能力的特殊性。

深森是過度適應能力者，但並非靈能者。她對於肉體的異常很敏銳，相對的在靈方面就比常人更加不經心。如果用技術人員做比喻，深森就是硬體方面的專家，軟體則在她的專業之外。就算患者受了詛咒感染，深森也察覺不到，而且她似乎不介意。對她來說，患者是吸血鬼或人類都無關緊要。

深森確實是個怪人，不過以原則分明這一點而言，身為研究者的她相當有能力，也實際交出了成績。多虧她粗枝大葉的個性，古城才能格外寬心，這也是事實。

「就算這樣，一般會出手打傷患嗎……？」

獨自被留在客廳的古城，敞開了襯衫前襟確認傷勢。

他勉強能瞞過雪菜的眼睛，卻似乎還是被深森發現了。

離心臟只偏了數公分，從左胸到側腹開了一道被厚實利刃挖出的傷口。那是雪菜的「雪霞狼」捅過的傷痕。

那肯定算是重傷，但不至於危及性命。有吸血鬼的痊癒能力，這種單純的刺傷就算早就癒合也不奇怪。

但唯獨今天，受創的部分始終沒有再生。雖然沒大量出血，鮮血仍一點一滴滲出，將襯衫濡濕。古城以往不曾經歷過這種狀況。

由於他一直抱著滿身是血的優麻，之前傷口流的血並不顯眼，但要是繼續和雪菜待在一起，遲早會被她發現。從這個層面來想，或許古城該感謝深森將他留下來才對。

時間過了晚上七點。

波朧院節慶著名的夜間遊行差不多要開始了。絃神市的中心地段滿是觀光客，八成都在享受著絢爛豪華的祭典。

然而另一方面，從監獄結界脫逃的魔導罪犯卻已經混進這樣的大街，準備引發新風波。

真是慘兮兮的一天——仰望天花板嘆氣的古城心想。

隨後，客廳的門被悄悄打開。

高個子的馬尾少女蹣跚地拖著腳步從臥室回來了。是剛才被凪沙硬拉走的紗矢華。

「唔唔……看你做的好事，曉古城。這比照顧公主還累人……」

紗矢華帶著憔悴的臉，用怨恨的眼神望著古城埋怨。看來她還在記恨古城把凪沙推給她應付這件事。

古城遮著傷口仰望她問：

「咦？凪沙怎麼樣了？」

「我對她用了催眠類的咒術，我想她到早上以前都不會醒。」

「用咒術……妳太亂來了吧……」

古城貌似傻眼地回望紗矢華。獅子王機關的攻魔師居然對普通國中生動真格地施展咒術，感覺也太不成熟了。

可是，紗矢華像小孩子嘔氣般噘著嘴說：

「我哪有辦法！要隱瞞你們的真實身分，還有什麼方式可以蒙混過去嘛！比如那個叫優麻的女生受的傷，還有你們交換過身體的事！」

「對……對喔，說的也是。抱歉……妳幫了大忙。」

古城坦率地反省並低頭謝罪。紗矢華說的確實再有理不過。

「曉古城，就……就算被你感謝也沒什麼好高興的……再說我也不是為了你，而是為了雪菜和凪沙才那樣做的。」

「嗯，不過還是謝了。即使妳沒那個意思，我今天也讓妳救了好幾次。」

「唔……嗯，不客氣。」

紗矢華害羞似的紅著臉點頭。平時好像都在生氣的她，難得有這種類似滿意的反應。

「哎，我讓凪沙睡著，理由並不只這些就是了。」

「啊？」

古城抬頭看著不知為何越逼越近的紗矢華，並露出納悶的臉色。紗矢華當著他的面，一舉將臉貼過來問：

「雪菜她們去哪裡了？」

「她們帶優麻去研究所。去那裡的話，大部分的醫療器材和藥品應有盡有。」

「是喔……既然這樣，她們暫時不會回來吧。那正好。」

紗矢華嘀嘀咕咕地像是說給自己聽的態度，讓古城輕易受到懾服，現場氣氛莫名尷尬。

她那副像在左思右想著什麼的表情令人掛懷。

「曉古城，那件衣服，你能不能脫掉？」

「啥？」

紗矢華指著古城被血染髒的襯衫下令。驚呼的古城不禁護著自己的胸口。

「……喂，講什麼鬼話？妳是色女嗎！」

「不……不是啦！你在亂想像什麼啊，變態！」

耳根紅透的紗矢華猛搖頭。

「我是要看你藏起來的傷口！你被雪菜的『雪霞狼』捅過對吧！」

「原來……妳有發現啊？」

「……我……我可沒有一直留意你。能當上獅子王機關的舞威媛，我的觀察力自然也是一流的。就這樣而已，懂嗎？」

「這……這樣喔。」

雖然聽不太懂，不過紗矢華似乎滿有一套就是了——脫掉襯衫的古城在心裡如此解釋。看了他裸露的上半身，紗矢華「呀」地發出尖叫。

「你……你做什麼啦！這麼突然！」

「不是妳叫我脫衣服的嗎？」

無端受責怪的古城對紗矢華提出抗議。也許紗矢華對男性的身體缺乏招架力，她那種大受動搖的反應有點逗趣。

「話……話是沒錯啦。唉唷，真是的，實在很沒情調耶。曉古城，你這男的就是這樣才惹人嫌！」

「這跟情調沒關係吧？還有妳的臉好紅，不要緊吧？」

「囉……囉嗦。你去死一死啦，吼！」

紗矢華大聲咳了幾次才終於取回冷靜。臉紅的她似乎還有些害羞，不過仍興致勃勃地摸了古城的胸膛。

「這道傷……為什麼不會好？」

紗矢華看古城的傷始終沒有痊癒的跡象，納悶地瞇起眼睛。

「我也不清楚，因為是姬柊那把槍造成的傷口吧？」

古城態度草率地搖頭。

雪菜那把「雪霞狼」是獅子王機關的祕藏兵器，號稱可令魔力失效，連吸血鬼真祖都能誅滅的破魔長槍。為了讓優麻的空間操控魔法失效，古城硬是用那把危險的槍捅了自己的身軀。要是有什麼力量在妨礙吸血鬼肉體的再生能力，想來也只有「雪霞狼」的詛咒而已。

「不過，『七式突擊降魔機槍』應該沒有讓再生能力失效的額外效果耶。再說，這看起來……與其說是傷口，感覺比較像肉體本身狀況不穩定。該說是半具現化嗎？做為物質的結合力好像變脆弱了……」

「咦？」

紗矢華的意外發言讓古城訝異地回望她。不料紗矢華也抬了頭，兩個人正好彼此相望。

莫名害臊的情愫讓他們同時別開目光。仔細一想，古城很久沒有像這樣和紗矢華獨處講話了。從古城在古代兵器（納拉克維勒）事件中吸過她的血以後，大概就不曾這樣了。

「你……你聽著，曉古城。雖然我實在不情願，不過要我幫忙的話，倒也可以喔。」

「……幫忙？」

古城看了紗矢華攤牌般的態度，心裡冒出不祥預感。

紗矢華坐到古城對面的沙發，俐落地脫起穿在腳上的襪子。然後她當著困惑的古城眼前伸出赤裸的腳尖。

古城望著紗矢華漂亮的腳背，心裡只感到困惑。這啥意思？

「可……可以喔。」

「啥？」

「我是說，我可以破例讓你吸血。只要身為吸血鬼的本性浮上表面，再生能力也會得到強化吧！」

羞得滿臉通紅的紗矢華尖聲說道。古城愕然睜大眼睛說：

「就算這樣，我為什麼非要舔妳的腳啊……？妳是哪裡跑來的女王嗎！」

「因……因為吸血衝動的導火線是性方面的亢奮嘛。我覺得男生大概會喜歡這樣子……過來啊，我可以踩你當獎勵！」

紗矢華照本宣科似的說出高傲台詞。看來有人對她灌輸了相當偏頗的知識。古城感到強烈頭痛，不耐煩地嘆氣說：

「喜歡被那樣對待的，只有極少數的特殊族群啦！妳也太偏門了吧！」

「咦？咦咦！」

聲音變調的紗矢華大叫。或許她是想起了自己剛剛的舉動而感到害羞，還天人交戰地用雙手捧著頭發問：

「不……不然曉古城，你喜歡什麼方式？比如說，摸胸部嗎……？」

「呃……哎，那應該是比被踩來得好……吧。」

古城身為健全的高中男生，當然只能這麼回答。

「唔……唔唔……我……我懂了啦！曉古城，憑你也敢奢求這麼多……！」

紗矢華賭氣地說道，並且放膽脫掉身上的針織背心，接著更從上面依序解開襯衫的鈕釦。好像是剛才的踩人宣言帶來反作用力，她的心態有一半已經變得自暴自棄。

「為什麼會變這樣！先講清楚，我可不記得自己有拜託妳讓我吸血。」

「是……是沒錯啦……可是，假如你的傷好不了，雪菜就會介意不是嗎？我不想讓她為了那種事苦惱。要不然，雪菜難保不會主動提出要讓你吸血。與其讓你吸雪菜的血，還不如我自己先犧牲……！」

紗矢華總算講出真心話，同時也將身體靠向古城。古城掌握到她這些奇怪舉動的原因，忍不住苦笑。

「……妳真的很疼愛姬柊耶。」

「廢話。這樣有錯嗎？」

「呃，我想可以啦。反正我也不想讓姬柊亂操心。」

「咦……唔……嗯。」

紗矢華看了自嘲般笑著的古城，才折服般乖乖點頭。她想起自己正緊緊貼著古城，又忽然坐立不安地失去鎮定。

和修長苗條的身材正好相反，紗矢華有一對姣好壯觀又隱而不顯的巨乳。她動作生硬地用豐滿的上圍貼向古城的上臂。

她那雙由長長睫毛鑲邊的眼睛，變得有些春心蕩漾。平時好強的她露出這種深情態度，要激發古城的吸血衝動，破壞力已經足夠。

「你應該也明白吧，這件事要對雪菜保密喔。」

紗矢華如此細語，還將臉湊向古城耳邊。紗矢華的白皙頸根亮在眼前，好似受了吸引的古城將臉靠過去，接著忽然結凍般定住了。

「這個嘛……我本來……也是覺得這樣比較好。」

「……你為什麼要用過去式？」

紗矢華一臉納悶地望著古城。這時有道冷如寒鋒的淡淡嗓音拋到了她的背後。

「——什麼事情要對我保密？」

面容清秀得讓人看傻眼的少女就站在客廳入口，凝視著古城他們。不動聲色的眼裡略顯賭氣的情緒，那是她真正生氣時的特徵。

當然知道她個性的紗矢華嚇得聲音發抖。

「雪……雪菜？妳……妳怎麼會在……」

「我想告訴學長優麻的狀況才回來的。」

雪菜用烏溜溜的大眼睛冷冷望著古城和紗矢華。

「所以，請問兩位是打算瞞著我做什麼？」

「不……不對……雪菜，不是那樣的。我們是在……呃……」

紗矢華連個像樣的藉口也想不出來，不知所措地搖著頭。

她會想獻血給古城，就是為了不讓雪菜發現古城的傷勢。她總不可能對著雪菜本人坦承這一點。

「……拿妳沒辦法。」

古城難免也覺得她可憐，無奈地起身。就在他打算隨便找理由而開口的瞬間，有陣強烈的暈眩感湧上來。

視野忽然轉暗，景象緩緩傾斜，彷彿全身力氣被抽走的無依感。無法繼續站穩的古城當

場跪在地上。

「學長？」

察覺古城狀況有異，雪菜連忙趕到他身旁。

紗矢華扶著古城差點倒地的身軀，驚慌失措地說：

「曉……曉古城……！不會吧，你別在這種時候裝睡啦……曉……曉古城？」

「學長……！請你振作點，學長！」

雪菜低頭望著古城的身影，一副快要哭出來的表情。

別露出那種臉啦——古城這麼想著，想對她們回以微笑，意識卻直接被吞入黑暗之中。

7

人工島南區是住宅和教育機構群集的文教地段，一處和絢爛祭典的喧囂絕緣的安靜地方。彩海學園就蓋在南區的平緩斜坡上，是男女合校的中高一貫學校。由人工綠地環繞的狹窄校地沉入夜晚的寂靜。

打破那片寂靜的，是一陣聽來有些奇妙的嗓音。

「這塊土地……對我們而言關係匪淺呢……那月。」

無人的校舍樓頂有道年輕女子的身影。

長及腳邊的頭髮，染成白黑兩色而顯得不祥的十二單衣；端麗五官和深緋色眼珠——那是火眼魔女「仙都木阿夜」。

逃出監獄結界的「書記魔女」正站在彩海學園樓頂，望著閃爍如星塵的紘神市夜景。

「彩海學園……對妳來說應該是寶貴的地方吧？既然如此，要展開我的『世界』，就沒有比這裡更合適的地方了。」

像是要告訴不在場的那月，阿夜靜靜開口。

此時，她背後的空氣產生晃漾。

宛如從黑暗中滲出形貌的，是兩名穿著不起眼灰色西裝的男子。

這對搭檔年紀不詳，但是感覺不到特別粗魯的氣息。相貌耿直，服裝也沒有古怪之處。

如果他們自稱彩海學園的教師，大部分的人應該都會坦然相信。

可是，男子們手裡各拿了一本書——散發凶狠魔力的詭異魔導書。

「夫人——」

左側男子恭敬地跪下，仰望著阿夜。右側男子也跟著低頭行禮。

「恭賀您從監獄結界歸來。」

「……ＬＣＯ的人嗎？」

阿夜緩緩回頭望向他們。陌生的一對搭檔，不過看得出底細。Library of Criminal Organization——通稱「圖書館」的國際犯罪組織成員。

「我們倆是第三隊『社會學』的司書。」

男子們說著靜靜抬起臉。阿夜覺得掃興似的瞪向兩人。

「我的逃獄計畫不是該全權交由『哲學』負責……才對嗎？」

「您說的是——不過，您是我們ＬＣＯ的總記。要將救援重任交給梅雅姊妹之流，讓人有些不放心。」

左側男子含笑說道。接著，右側男子也哼哼唧唧地開口：

「實際上，那些傢伙失去了『守護者』，似乎已遭魔族特區的保安部隊捕獲。因此，接下來將由我們保護您到安全的地方。」

「是嗎？辛苦了。」

阿夜打斷他們的話，不帶感情地明說：

「可是，我並沒有找你們。在這座魔族特區，還有事情留待我完成。」

「……難道您打算繼續十年前的事？」

男子露出誇張的吃驚反應。儘管臉上仍陪著笑容，微微流洩出的殺氣卻沒能掩飾徹底。

阿夜揚起嘴唇，彷彿要挑釁他們。

「是又如何？」

「恕我僭越——我們已接到指示，若您不願同行就得動手誅滅您並回收闇誓書。」

男子們不出聲音地起身，分別站在左右兩側，手已伸向拿著的魔導書封面。

「原來如此……很像『社會學』那些老人會有的主意……呢。一群俗人。」

依然站得毫無防備的阿夜望著他們嘀咕。

闇誓書是阿夜十年前從ＬＣＯ機密書庫帶出來的一本魔導書。她在「魔族特區」絃神島打開那本書，帶來了莫大損害。然而，她做的「實驗」卻遭當時還是高中生的南宮那月阻止，更使她被關入監獄結界。

得知阿夜從監獄結界歸來，ＬＣＯ應該是打算從她手裡取回闇誓書。如今，男子們正大刺刺地朝阿夜擺出嘲弄的臉色。

「對我們這些壽命有限的人來說，十年的歲月太長了，夫人。現在的ＬＣＯ已無您的容身之處。」

「無妨。我同樣不需要ＬＣＯ了，闇誓書也可以給你們。若你們能從我手中奪走——」

阿夜向拿起魔導書準備的男子們冷冷說道。

「這代表……談判決裂嘍。束縛她——《No.343》！」

迸發的殺心使表情扭曲，男子們解放魔導書。「蘊藏力量的書」吸收了閱覽者的魔力並啟動，灑下足以扭曲空間的瘴氣，朝阿夜直逼而來。

「法之魔導書……高速誦唱嗎？做得漂亮……」

阿夜望著自己腳邊，然後露出微笑。她的下半身動不了。承受了魔導書的魔力，石化的肉體正逐漸和校舍外壁融為一體。

她石化的身體表面刻著密密麻麻的細小文字。那是以古代文字記載的刑法法典。那些文字具備咒力，能讓阿夜的空間操控魔法失效，使她無法逃走。

專門拘押重罪者的石化魔導書——那就是人稱法之魔導書的《No.343》的能力。石化範圍應該遲早會遍及阿夜全身，將她化為一塊活石碑。

阿夜知道這些，卻依舊帶著笑容。

「不過……沒用的。你們已經遭到闇誓書侵蝕。」

「什……」

被阿夜用火眼一瞪，貌似害怕的男子們無意識地後退。

魔導書的封面在他們手中分解得支離破碎。

散播的瘴氣突然消失。罩住阿夜身體的石碑四分五裂，使她重獲自由。

「……紙歸紙，闇歸闇……還元返本，皆奉吾誓。」

「仙都木阿夜……難道……妳已經……！」

男子們仍緊握失去力量的魔導書，聲音顫抖。

他們畏懼的目光並非朝著阿夜，而是望向她腳邊所畫的圖形。

那是只有一個字的魔法陣。刻在校舍樓頂的古代魔法文字綻放著柔和的黃金光芒。那是將世界導向黑夜的夕色光輝。

「兩位司書，你們忘了嗎……十年前，是誰阻止了我的實驗？」

阿夜用沉靜的口吻道來。

「從我手中奪走闇誓書的，是以往我唯一信任的盟友『空隙魔女』南宮那月——不過，我已從那可恨的背叛者身上奪走其時光，現在闇誓書再次回到了我的手上！」

「唔……！」

男子們從灰色西裝裡掏出手槍。失去魔導書的他們，只剩下物理攻擊的選項了。

阿夜冷酷地望著用發抖的手舉槍瞄準的兩人，並對自己的「守護者」下令。

「永別了……兩位司書。『影（Le Ombre）』——！」

身披闇色甲冑的騎士幻影出現在阿夜背後，手握巨劍一閃而過。

絕命哀號響遍周遭，隨後樓頂又被夜晚的寧靜所覆蓋。

只剩在黃金光芒中不停笑著的魔女。

第二章 被盯上的人們

Vs Jailbreakers

1

剛烤好的披薩擺在桌上，散發著香濃起司味。

那是買來當儲糧的冷凍披薩，不過在餓壞的人看來就像一頓大餐。由於深森幾乎把這當成主食，這間招待所總是存放著大量的冷凍披薩。

「你真的是死一死算了……！」

紗矢華一邊拿起披薩送進嘴裡一邊低聲撂話。

在她冷漠到極點的視線前方有古城忙著灑橄欖油的身影。而雪菜側眼瞪了這樣的古城，貌似在發脾氣：

「就是說啊，這次實在有點離譜。」

「……怎樣啦？」

被兩名攻魔師少女瞪著，古城尷尬地回嘴。

讓她們擔心，古城確實也覺得過意不去。可是，面對一個在十幾分鐘前還昏迷不醒的人，她們的態度會不會太冷漠了——古城眼裡暗藏不服。紗矢華似乎察覺到他的目光，挑起柳眉又是一陣數落：

「你喔，居然會餓得頭昏眼花不支倒地，搞什麼嘛！既然是肚子餓才昏倒，昏倒之前先說清楚好不好！你到底有多壞心啊！」

「我哪有辦法！我根本不知道優麻用這副身體的期間會什麼也沒吃啊！」

古城也試著盡量找藉口。

優麻和古城身體互換的半天期間，她似乎完全沒進食。而且那段期間，優麻好幾次動用大規模魔法，還跟雪菜展開華麗的戰鬥。在那個階段，古城的身體應該就已經餓壞了。

而古城回到原本的身體以後，也對自己的絕食狀態沒有自覺，最後就餓得昏倒了，事情就是如此。因為這一點遭到責怪，老實說是很無奈。

話雖如此，胸口的傷勢招來了多餘誤解也是事實。

「不過讓妳們擔心是我不好。我在這裡道歉。」

「啊，嗯……真是的……」

看古城乖乖低頭賠罪，紗矢華才放心地緩了緩臉色。隨後她又馬上紅著臉說：

「不對啦，我……我根本一點都不擔心你，曉古城……！」

「是喔，那就算啦。」

被古城輕易敷衍，這下紗矢華又莫名不悅地鼓起臉頰。她那反應還是一樣讓人摸不著頭緒，但是看表情變來變去的倒是挺有趣——古城始終事不關己地想著。雪菜望著他們的模樣，低聲嘆道：

「可是，還好局面沒有變得更複雜。」

「也對啦。」

古城由衷表示同意。在優麻受重傷、那月行蹤不明的狀況下，要是連古城也垮了，那就徹底走投無路了。

看來古城胸口的傷在他有意使用吸血鬼的能力時就會產生劇痛，對體力造成消耗。普通起居時，疼痛和出血並沒有嚴重到無法忍受。

「話說，姬柊，妳怎麼會穿護士服？」

古城問完就盯著雪菜的服裝猛看。

雪菜目前穿的是護士風格的迷你裙洋裝。據說在最近變罕見的護士帽，也好好地戴在她頭上，兩條腿則穿著白色及膝襪。

「那……那是因為伯母她……呃，深森小姐說要進研究室就必須換上這套衣服……」

雪菜貌似害羞地低著頭，小聲做了解釋。她之前穿的藍色圍裙禮服在歷經多次戰鬥之後，確實變得破破爛爛了。考慮到衛生因素，換上護士服也算妥當的選擇。但也許是穿不習慣的關係，雪菜顯得相當心神不寧。

「看……看起來……果然很奇怪嗎？」

「不會，我倒覺得很合適……甚至合適過頭了。」

古城老實地如此告訴她。原本就氣質清純的雪菜，和護士服相配到不能再相配。

這是當然的嘍——紗矢華也默默點頭贊同。她用玩味的眼光盯著雪菜全身，呼吸急促得讓人覺得要是古城不在，她當下就會將雪菜撲倒。

「所以優麻的狀況怎樣？」

別多談護士服的話題好了——這麼心想的古城向雪菜發問。雪菜有些放心地點點頭。

「傷口已經包紮好了，應該不會立刻有生命危險。」

「這樣啊……太好了。」

古城放鬆全身的緊張感。總之可以算是好消息吧，至少避開了來不及治療的局面。

然而，雪菜咬緊嘴唇搖搖頭。

「只不過，照目前狀況……無法期待她有進一步的復原。」

「連ＭＡＲ的設備也無能為力……？」

「魔女契約是現代科學無從解析的超高難度魔法之一，要解咒自然不可能，基本上臨床數據也絕對性地不足……」

「這樣嗎？」

古城難過地咕噥。雖說之前就有覺悟，但他重新體會到事態的嚴重。

優麻這樣下去會沒救，她受到的靈質傷害就是嚴重到這種地步。這代表仙都木阿夜是真的將她當成用完即丟的道具。

「深森小姐說過，現在要拯救優麻只能仰賴強大的魔女。要是能找到和仙都木阿夜具備同等以上能力的魔女，或許就可以——」

「那月美眉嗎……？」

古城沉重地說。具備和仙都木阿夜同等以上能耐的魔女，又可能願意幫助優麻的人物，除了南宮那月以外想不到別人。

「可是，最重要的南宮那月不是失蹤了嗎？何止找不到人，她現在喪失了魔力，還有一群逃犯想要她的命吧？」

紗矢華冷靜地點出癥結。古城已經對當時不在場的她大致說明過狀況了。

如果那些逃犯所言屬實，那月目前應該失去了記憶和魔力，處於毫無防備的狀態。為了拯救優麻，有必要先保護那月並讓她恢復力量。

「只能找出那月美眉了吧。要比那些逃犯先找到她才可以……」

「對啊。只要南宮老師的魔力恢復，應該也能讓監獄結界恢復運作。」

雪菜對古城嘀咕的內容大表認同。只要監獄結界恢復原本效能，逃犯就會再度被拖回其

中。這起事件的核心人物終究是那月。

「不過，要怎麼找？街上本來就滿滿都是波朧院節慶的人潮……」

一臉無措的紗矢華說。

「……是沒錯啦。再說漫無線索地亂找，我想也找不到。」

古城說著打開電視。紘神島的地方民營電視台正在轉播波朧院節慶的畫面。時間已經過了晚上八點，市區大街的夜間遊行邁向高潮，人行道上塞滿遊客。

穿著悶熱禮服的那月在平時是極為醒目的存在，唯獨今天例外。整座島上到處都有化裝得比她更華麗的觀光客。

「和特區警備隊求助怎樣呢？」

雪菜一邊切剩下的披薩一邊提議。如果讓負責維護「魔族特區」治安的特區警備隊出馬，很可能會比那些逃犯先找到那月。不過，那也要特區警備隊能投入大量人手才行。

唔——紗矢華苦惱地蹙著眉頭。

「警備隊那邊八成也掌握到監獄結界被打破的情報了，姑且可以求助看看啦……或許不要太過期待比較好，畢竟他們目前人手應該也不夠。況且要對付的不只逃犯，還有ＬＣＯ的殘黨在。」

「特區警備隊嗎……」

古城懶散地托著腮思考。

特區警備隊在形式上是由警視廳管轄，但實質上是人工島管理公社的私設部隊。他們的強處在於能運用遍及人工島全體的情報網龐大資料，比如可疑人物的目擊情報，監視器的影片之類。要是至少能利用那些情報，搜尋那月應該也會變得輕鬆——

「……淺蔥的話，說不定查得到特區警備隊的情報。」

「咦？你說的淺蔥……是指藍羽淺蔥？」

令人意外的是，紗矢華對淺蔥這名字敏感地起了反應。她警戒地瞪向古城，不悅地問：

「我之前就在想了，她是什麼來頭啊？」

「還問什麼來頭……我想她單純只是工讀生啊。」

古城有些困惑地回答。為什麼紗矢華會這麼敵視淺蔥？這點他不太清楚。

不過淺蔥被人看上她身為駭客的手腕，常在人工島管理公社進出。如果只是要調查那月的下落，她應該不用非法駭入電腦也能辦到。

「藍羽學姊……」

這時，碰巧看著電視的雪菜忽然咕噥了一句。

「咦？」

「剛才電視上似乎拍到了和藍羽學姊很像的人影……啊，又出現了！」

雪菜趕緊對一臉納悶地反問的古城說明。古城從她指的畫面角落認出熟面孔，也跟著發出驚呼。

面朝大街的人行道角落，站著一個髮型亮麗的高中女生，就混在觀賞遊行的觀光客當中。她手裡抱著的是一個目判大約四、五歲的長髮女童。

「淺蔥……？那傢伙搞什麼啊……？」

「不就是帶著妹妹在觀賞遊行嗎？」

紗矢華看見古城訝異的模樣，反倒不解地偏著頭。

紘神島居民會觀賞波朧院節慶的遊行，確實並不是什麼令人意外的事。假如電視上只拍到淺蔥，古城也不會動搖到這種地步。

「不……不對啦……淺蔥她應該沒有妹妹……會是親戚的小孩嗎？」

「學長，那個女孩子……你覺得像不像……」

「妳該不會……也覺得她像……」

雪菜終於把古城顧忌的疑問提出來了。

人偶般的嬌小體型、悶熱的綁帶禮服，再加上一股說不出的奇特威嚴。淺蔥捧在懷裡的嬌小女童，實在太像南宮那月了。

沒錯，仙都木阿夜說過。她那本魔導書所奪走的，是南宮那月經歷過的時間。

難道那表示那月的軀體也有可能變年輕？

「市區的所有螢幕……該不會都在播這段影片吧？」

雪菜按著護士帽，頗為不安地嘀咕著。大樓牆面、電器行店面、車站裡，還有設於其他地方的電視螢幕，都在轉播遊行實況。

而且長相吸睛的高中女生搭配穿禮服的女童，在擁擠的觀光客中仍顯得格外醒目。那群追殺那月的逃犯看見這段影片會如何行動——

「喂，不會吧！」

完蛋了——古城抱著頭，然後將手伸向手機。

2

穿著煽情比基尼鎧甲的舞者們一邊秀出精彩劍舞，一邊穿過主街。那是夜間遊行中人氣數一數二的表演「女武神的騎行」。

和舞者隨行的樂隊奏出雄壯的歌劇樂曲，觀光客也隨之情緒高亢。

淺蔥的手機是在盛況即將邁向高潮時響起的。她滿想忽略掉不接，中途卻改了心意，不情願地拿出震動的手機。她看到螢幕上顯示的名字，稍稍瞪大了眼睛。

「小那，對不起喔，能不能和我一起來一下？」

淺蔥離開觀光客擁擠的人行道，走到冷清的暗巷。她原本以為小那會抱怨看不到遊行的重頭戲，但她乖乖跟了過來。

對此感到放心的淺蔥將耳朵湊到手機旁。

「——喂，古城？」

『淺蔥嗎？妳現在在哪？』

手機另一頭傳來的卻是古城莫名急迫的聲音。淺蔥對他出人意料的態度吃了一驚，同時也環顧周圍說：

「問我在哪……我在方基大廈前面啊。喏，就是基石之門附近那一棟。現在遊行的主隊剛好經過。」

『果然是那裡嗎？剛才轉播有拍到妳。』

「咦？不會吧……？你看見我了？」

驚呼的淺蔥繃緊表情。

在外打工過夜害淺蔥還穿著和昨天一樣的衣服，妝也化得隨便。好巧不巧就讓古城看見了這副模樣，在她的觀念中可是嚴重失態。

然而古城絲毫沒有發現她的動搖，又繼續發問：

『妳和一個小女生在一起對不對？』

「……什麼？」

淺蔥低頭看向站在旁邊的小那，然後蹙起眉頭。她不明白為什麼古城會關切一個只透過電視看見的女童，照理說他並沒有那種嗜好——

「哎，有是有啦……」

『那個女生是誰？妳和她認識嗎？』

「沒有啦，她是迷路的小朋友。也不知道為什麼，她很黏我。」

『……迷路的小朋友？那她叫什麼名字？』

隔著電話迴路傳來古城困惑的氣息。

「她好像不記得耶……啊，古城你該不會認識她吧？總覺得，這個女生和那月美眉長得好像喔。所以我也不太敢對她兇。」

『是……是喔……』

古城掩住手機的收音孔，開始和別人低聲商量。淺蔥聽出他那種可疑的動靜，火大地噘起嘴唇。率先從她腦海冒出來的，是姬柊雪菜的臉。接著她又想起另一個人的存在，就是古城那個叫仙都木優麻的青梅竹馬。難道古城現在還讓她們陪伴著？

可是古城的聲音再次傳來時全無陶陶然的跡象，還充滿異樣的急迫感。

『聽好了，淺蔥……仔細聽我接下來說的話。』

「好……好的。」

『那個女生，說不定就是——』

「——媽媽！」

大聲打斷古城那句話的是小那。淺蔥被看似害怕的小那拉住手臂，嚇得回過頭。

小那正瞪著一名從巷子幽暗處走來的禿頭老人。

對方年紀大約六十歲，體格以年齡而言顯得高大，骨感身軀裹著破布般的爛衣服。皮膚曬了不少太陽，隱約散發著類似瑜珈修行者的氣質。

「找到了。」

老人聲音沙啞地說。他的眼睛直瞪著小那。

「什……什麼事？呃……老爺爺？這孩子怎麼了嗎——」

淺蔥立刻站向前保護小那。面對這樣的她，老人嫌惡地瞥了一眼，毫不關心的目光有如看著礙事的雜草。

「讓開，小丫頭……將『空隙魔女』交出來。」

『——怎麼了？淺蔥？』

古城隔著電話發出疑惑之語。淺蔥能勉強保持冷靜，也許全靠這耳熟的嗓音。

「你聽我說，好像有個奇怪的老人家跑來糾纏我們——」

盯著老人的淺蔥陣陣後退，絲毫沒有鬆懈。

而老人瞪著她大吼：

「別礙事！讓開——」

老人全身染成通紅，並不是怒氣使皮膚泛紅，而是他的肉體本身有如帶著高熱的金屬般開始發光了。

他背後幽幽湧上蜃景。即使和他隔著一段距離，強烈的熱氣仍迎面吹來。

老人體內蘊藏著超高溫火焰，赤熱的身影簡直就像炎精靈（Ifrit）。

「精靈使——！」

察覺對方底細的淺蔥驚呼。

所謂精靈，就是存在於高次元空間的能源體，由純度極高的靈力聚合組成。

被召喚到這個世界的精靈，會在短瞬間瓦解消滅。假如是高階魔法師或聖職者就可以將其當成攻擊魔法運用，不過反過來說，它們也只有這點用途。

要穩定地召喚出精靈來運用，據說需要戰艦才能搭載的巨大精靈爐。那實在不是單憑個人就能用得來的玩意。

不過，也有極少數的例外存在。那就是「精靈使」——亦即精靈召喚士。比如北歐阿爾迪基亞王室的公主就能在自己體內召喚精靈，並且隨心所欲地操控其靈力。這個老人，恐怕也屬於那種精靈召喚士。

當然他召喚出來的，並非阿爾迪基亞公主所用的那種高階精靈，而是層級遠遠低於公主的炎精靈。

但是只論單純攻擊力，尋常魔法師和他根本不能比。這個老人身為人類，卻是個能耐超越魔族的怪物。

「小那，我們快跑——！」

淺蔥的判斷下得迅速。一察覺老人想要小那的命，淺蔥立刻拉著她的手就跑。小那有一半是被拽著跑，也還是拚命跟緊淺蔥。

沒空和古城講話了。淺蔥拿出另一支智慧型手機，在全力奔跑間朝收音孔大吼：

「真是的，開什麼玩笑嘛——摩怪！」

『我在聽，小姐。』

耳邊傳來帶著挖苦調調的合成語音。那是淺蔥的「搭檔」——名為摩怪的人工智慧。

「那狀況呢？」

『一清二楚。那個老頭叫奇力加・基力卡，中東卡布里斯坦的游擊部隊出身，是個為了

提高殺敵效率，不惜用術式在自己體內植入炎精靈的怪物。六年前，他打算在絃神島發動恐怖攻擊而遭到逮捕，然後就被送去監獄結界啦。』

「監獄結界？那不是都市傳說嗎？」

淺蔥愕然反問。專門收容凶惡魔導罪犯，傳聞隱藏在「魔族特區」某處的神祕監獄。難道這個老人是從那裡脫逃的逃犯？事情聽來難以置信，但淺蔥也不覺得摩怪會在這種情況下說謊。

老人的腳程不算快，頂多和拚命逃跑的小那同等級。可是，他會放火將礙事的行道樹或招牌燒掉，沿著最短路徑直線追來。照這樣下去，遲早會被他追上。

「唔……摩怪，計算路線！我要走地下共同溝到基石之門E入口。幫我操控分隔牆！」

『E入口嗎——了解。下個轉角右轉，往地下街的樓梯平台上有閘門可以到共同溝。』

摩怪在一瞬間領會淺蔥的策略，立刻為她指示逃走路線。

幸好群眾都去觀賞遊行了，小巷裡幾乎沒有行人會妨礙她們逃跑。

淺蔥抱著小那的嬌小身軀衝下樓梯，接著馬上就發現了要找的閘門。那是用來維修水管和地下電纜的工程隧道入口。

閘門的門鎖已經由摩怪遙控打開了。淺蔥踹開門，衝進陰暗的共同溝——一條直徑約兩公尺出頭的狹長隧道。

往共同溝內部跑了五十公尺左右以後，淺蔥終於跪倒在地。她的體力差不多到極限了。對普通的高中女生來說，抱著女童全力奔跑實在太吃力。

另一方面，奇力加．基力卡也已經追著淺蔥她們來到共同溝。

厚實的分隔牆從天花板降下，彷彿要將一路追殺的老人與淺蔥她們隔開。

那是為了保護人工島不受火災、洪水或魔族侵襲的緊急分隔牆。

厚度約二十四公分，材質為附有魔力的高硬度鋼。設計用來承受吸血鬼眷獸攻擊的分隔牆牢固得誇張，哪怕是召喚炎精靈的魔導罪犯，應該也無法輕易突破。

「要是這樣能讓他死心就好了──」

淺蔥嘀咕著轉向背後，接著驚愕得表情緊繃。

因為她發現厚實牢靠的分隔牆表面，正微微發出淡橘色的光。

奇力加．基力卡操控的超高溫火焰正要將分隔牆燒熔，而且速度驚人得超乎想像。

『不妙耶，小姐……分隔牆耗損比預料中嚴重，溫度居然超出設計的耐熱極限了。』

「仰賴牆壁附有的魔力，反而弄巧成拙了。沒想到他光靠物理熱量就能強行破牆……」

淺蔥在分析時冷靜得像是事不關己，同時更搖搖晃晃地起身。

以魔力強化的鋼材對魔法攻擊具有強大抵抗性，可是那也代表表面對不使用魔法的攻擊，它就發揮不了普通鋼材以上的強度。

奇力加・基力卡恐怕不會用魔法。要將召喚的炎精靈當成施展魔法攻擊的靈力來源，這種巧妙的技倆他似乎辦不到。他只會散播炎精靈的熱能。不過正因為攻擊手法相當原始，想防禦反而困難。

「媽媽……」

小那仰望淺蔥的眼裡抱著某種決心。那表情彷彿透露出她要留下來，叫淺蔥自己快逃。真是的——嘆氣的淺蔥暗自嘀咕。她摟住小那纖纖的肩膀，自信地露出笑容。

「不要緊，我絕對會保護妳——可別小看在『魔族特區』長大的人喔。」

這些話並非出於逞強，淺蔥說完以後又將小那抱了起來。

分隔牆徹底熔解了。熔成漿狀的牆面被扒開，現出老人赤熱的身影。她們依靠的這堵牆變成這副模樣，接下來也只能逃跑。

可是淺蔥她們的體力還沒有恢復到能夠全力衝刺的程度。

「怎麼，小丫頭？到此為止了嗎——」

奇力加・基力卡沙啞地高笑。和老人之間的距離只剩十公尺不到，從他全身散發的熱氣似乎已來到背後。

『這樣下去會被追上耶，小姐。再過三十秒……不對，二十秒！』

摩怪愉快地咯咯笑著警告。淺蔥也露出獰笑，然後當場停下轉了身。老人將環繞著火焰的手臂伸過來，淺蔥則面對面地瞪向他。

「那再好不過……！正如我的計算！」

瞬時間，地下隧道的側面牆壁突然開啟，有東西伴隨著巨響噴湧出來了。

那東西從旁撲向老人的身軀，直接將人捲走。

小那驚訝地睜大眼睛。

飛散的冰冷水滴將淺蔥腳邊濺濕。

從側面牆壁漫出的是水。以驚人聲勢噴發的地下水流宛若鐵鎚，重重打向奇力加．基力卡的身軀。

「唔喔喔喔喔喔喔喔喔喔！小ㄚ頭，妳……！」

水流接觸到赤熱的老人，瞬間就超過沸點並造成水蒸氣爆炸。被這陣衝擊轟走的是奇力加．基力卡自己，而且從牆壁噴出的水勢沒有停。

基力卡被化為濁流的水吞沒，又被沖到分隔牆那邊。

「我讓排水道逆流了喔。」

淺蔥得意地在吃驚的小那耳邊揭露謎底。

為了防止設施被局部性豪雨淹沒，人工島內部布有網絡般的排水道。排水道是藉著電磁閥和排水幫浦來防止海水逆流，不過淺蔥和摩怪占據了那些機材的操控權，故意引進海水，讓地下共同溝被水淹沒。

為了避免連自己都被水流捲走，淺蔥抱著小那爬上檢修用的梯子。這就是淺蔥和摩怪計算的逃走路線。

淺蔥打開人孔蓋來到地面，地下共同溝內部已經徹底淹沒。

讓超高溫的炎精靈附身的奇力加．基力卡受本身能力影響，在水中應該沒辦法自由行動。可是淺蔥的表情依舊凝重。

「請你就這樣一路沖到海裡吧……我也希望這麼說，看來是我想得太美了。」

在淺蔥她們的後面，柏油路面伴隨著異臭熔塌了。從中爬出的是奇力加．基力卡。

老人全身冒出白煙，皮膚到處是令人聯想到太陽黑子的可怕痕跡。遭到大量海水沖刷，炎精靈似乎變弱了。

「幹得不賴，小丫頭……」

齜牙咧嘴的老人恨恨地低喃，一邊蹣跚地拖著腳步一邊朝淺蔥她們逼近。無論消耗得多嚴重，奇力加．基力卡的戰鬥能力依舊是威脅。而且淺蔥剩下的體力已經不足以逃跑，也沒有能利用於逃亡的其他設施。

「不錯……好久沒碰上這麼夠勁的獵物了。聽到『空隙魔女』失去魔力時，我還嫌不過癮，但妳是值得我焚滅的敵人！」

老人的右臂再次竄出高溫火焰。淺蔥望著那陣火光，懶散地搖搖頭說：

「不好意思，對於任性的老糊塗，我沒有那種敬老精神可以奉陪——摩怪！」

『咯咯，行嘍，好像設法趕上了——拜託妳啦。』

「命令領受（Accept）。」

答覆人工智慧的，是一陣缺乏抑揚頓挫的沉靜嗓音。

嗓音的主人是淡藍色眼睛水靈發亮的人工生命體少女。從她背後如翅膀般張開的，是散發虹色光芒的巨大手臂。

巨大臂膀像長鞭似的一抽，頓時將奇力加．基力卡打趴。宛如巨岩相互衝擊的沉沉聲響令大氣為之震盪。

「咕啊……！」

奇力加．基力卡被砸在大樓牆上，全身流出熔岩般的鮮血。刺眼的探照燈光芒毫不留情地照出他那副模樣。

老人抬起頭，看見的是將人工生命體少女納於體內現身的巨大石頭怪。那是被透明肌肉鎧甲裹覆的人形眷獸。

在眷獸背後，特區警備隊的機動部隊已經帶著全副武裝布陣完畢。淺蔥並沒有叫他們過來，因為他們從一開始就在這裡。

基石之門的E入口——是特區警備隊的主力部隊隨時待命的緊急出擊路線。

淺蔥並不是只顧著逃跑，她用自己當誘餌，將奇力加．基力卡引到了特區警備隊面前。

而奇力加．基力卡更加不幸的一點，是亞絲塔露蒂為了找尋失蹤的那月，正好來到特區警備隊的待命所。

「人工生命體……居然……能操縱眷獸？」

奇力加．基力卡貌似難以置信地搖頭。

所謂眷獸，是來自異世界的召喚獸——一種在具現化以後，能夠擁有獨自意志的魔力聚合體。

奇力加．基力卡操控的炎精靈只有靈力格外高，其存在並不違背這個世界的物理法則。

正因如此，才能藉著精靈爐一類的人工手段維繫力量。

然而眷獸就不是這樣。

眷獸存在本身就是不該出現於這個世界的異象。因此眷獸才會具備超乎常軌的破壞力，可是得吞噬宿主壽命做為具現化的代價。

能夠使喚眷獸的，只有具備無限負之生命力的吸血鬼。吸血鬼會被畏為最強魔族，就是基於這層因素。

弱不禁風的人工生命體少女正隨心所欲地操縱這樣的眷獸——

「怎麼可能！」

起身的奇力加．基力卡一邊散播熾熱火焰，一邊朝亞絲塔露蒂下重手。那是瞬間讓厚實金屬牆熔解的炎精靈炎擊。

不過，眷獸的巨大臂膀輕易接下了那道攻擊。

「——執行吧(Excute)，『薔薇的指尖(Rododaktylos)』。」

能聽見亞絲塔露蒂不帶情緒的嗓音。

奇力加．基力卡恐懼得睜大雙眼，肉體釋出的火焰已逐漸減弱。因為亞絲塔露蒂的眷獸正在奪取炎精靈的靈力。

「妳吞噬了……我的靈力……？」

奇力加．基力卡終於發出哀號。人型巨大眷獸則以人工生命體少女的聲音靜靜回答：

「我表示肯定。」

所有靈力被吸收殆盡的奇力加．基力卡，被眷獸的巨大臂膀壓垮，半已陷入地面的身軀仰天倒下，當然早就失去意識。

倒下的他左臂發光——是黑灰色手銬發出的光芒，從中冒出的銀鏈捆綁老人的全身，身軀旋即陷入無物虛空中，不久便徹底消滅了。

3

眷獸的巨軀如蜃景般消失，獨留人工生命體少女。一頭藍色長髮隨風飄揚的她走向淺蔥和小那。

「Miss藍羽，請問有受傷嗎？」

「啊～～還好，不要緊。雖然衣服上都是泥巴。」

淺蔥低頭看向自己全身，露出苦笑作罷。

她的便服在地下共同溝沾了塵土和海水，模樣慘不忍睹。雖然這套衣服才剛買，這下似乎也只能丟掉了。她心愛的涼鞋也傷痕累累。唯一欣慰的是，小那的衣服沒弄髒。

「謝嘍，亞絲塔露蒂，有妳在真是得救了。不過，妳怎麼會——」

「我正在搜尋教官。」

亞絲塔露蒂簡潔地說明了自己在特區警備隊待命所的理由。南宮那月身為她的監護人，同時還以攻魔師的身分在特區警備隊擔任指導教官，這一點淺蔥也明白。所以亞絲塔露蒂為了見南宮那月，會來到特區警備隊的待命所，倒也沒什麼好奇怪的。不過——

「妳說搜尋……難道那月美眉失蹤了嗎？」

「我表示肯定。但是——」

亞絲塔露蒂對質疑的淺蔥點點頭，然後用寶石般的水藍雙眸望向小那。

「她的活體特徵和教官的一致率極高。能否請妳說明理由？」

「活體特徵一致……啊，我懂了，妳的意思是她們長得很像。」

南宮那月和小那相像得令人訝異的理由，淺蔥本身也很好奇，但是對於不知道的事情，她也無從回答。

「對了，剛才那個逃犯好像是衝著小那來的耶。」

淺蔥摸著小那的頭，像是回想到什麼要點而咕噥。

「可是要問到她們為什麼長得像，這我也答不出來——」

這時，淺蔥後頭「咚」地傳來微微的腳步聲，聽來彷彿有人忽然從大樓樓頂輕輕縱下。

小那嚇了一跳，回過頭。

隨後傳出氣質妖豔的嗓音，像是在對著她笑。

「……呵呵，要不要我告訴妳們呢？」

在奇力加．基力卡消滅的地方站著一名女子——青紫色頭髮的年輕女子。

她穿在身上的除了長大衣以外，就只有暴露得跟內衣一樣的猥褻服裝。即使要當成波朧院節慶的裝扮，那套行頭仍顯得有些過火。

「沒有什麼像不像，那女孩就是南宮那月本人喔。只是受到詛咒才變小了一點。」

女子撥開沾在臉上的長髮，嘲弄似的笑了。

她的左臂套著和奇力加．基力卡一樣的黑灰色手銬。她果然也是來自監獄結界的逃犯。

特區警備隊的隊員們舉起武器預備，女子見狀仍不改嫵媚的笑容。她那種反應讓警備隊員們感到困惑，抓不到發動攻擊的時機。

「妳是什麼人？」

淺蔥提防地瞪著女子如此問了。女子愉悅地揚起嘴角說：

「紀柳樂．齊勞第——妳對這名字有印象嗎？」

「……夸爾塔施劇場的……歌姬。」

寒意竄上背脊令淺蔥發出驚呼。

紀柳樂．齊勞第是吸血鬼——和第三真祖「混沌皇女（Chaos Bride）」血脈相連的「舊世代」吸血鬼。

而她身為吸血鬼，卻也是一名和歐洲各國王侯貴族緋聞不斷的高級娼妓。

她的命運被改變是在五年前，和某個小國的王儲交往曝光後的事。害怕醜聞爆發的王室成員決意動手暗殺她。對此震怒的紀柳樂擊潰了突襲她的暗殺部隊，更反過來殘殺數名王室成員連同王儲本人。

這起事件，俗稱「夸爾塔施劇場的慘劇」。

結果，紀柳樂以往犯下的種種殘虐罪行也跟著曝光。變成國際通緝犯的她，終究是落網入獄了。

「真高興呢。沒想到還有人記得我。」

紀柳樂看著害怕的淺蔥，愉快地笑了。

「為什麼……妳會在紘神島……？」

淺蔥嘶聲反問。「夸爾塔施劇場的慘劇」曾是舉世轟動的大案子，在日本也造成許多話題，連當時還在讀小學的淺蔥也記得相當清楚。

不過，那是發生在遙遠異國的事。淺蔥不明白理應在歐洲入獄的紀柳樂，為什麼會出現在紘神島。

「我在西班牙的魔族收容所稍微玩過頭了。」

紀柳樂回答了淺蔥的疑問，然後打趣地聳聳肩。

「玩過頭……？」

「是啊。我將囚犯和監獄都納入支配，縱情大玩一場後，事情難免要鬧開的。結果就被紘神島派來的『空隙魔女』關進監獄結界嘍——」

紀柳樂說得若無其事。淺蔥對此感到毛骨悚然。

提到西班牙的魔族收容所，對歐洲魔族而言等於恐怖的代名詞。有為數眾多的魔導罪犯收容在那裡，據說無人能活著走出來。

難道紀柳樂的意思是，她反過來掌控了那裡？倘若如此，她比傳言中更加危險，危險得足以隻身毀滅絃神島——

「所以呢，我對這座『魔族特區』並沒有仇恨。只要妳乖乖將那孩子交出來，我可以放妳一馬。」

紀柳樂溫柔說道。淺蔥摟緊小那呆站著不動的嬌小身軀，直直瞪了回去。

「聽了妳那種話……我哪有可能老老實實就範……！」

「我表示同意。Miss藍羽，請後退。」

再次召喚眷獸的亞絲塔露蒂擋在紀柳樂面前，挺身保護淺蔥她們。

紀柳樂望著虹色眷獸的巨軀，懶洋洋地嘆氣。

亞絲塔露蒂的眷獸「薔薇的指尖」能力是吞噬其他魔族的魔力，並化為自身糧食。此外，它還能讓魔力失效。即使紀柳樂屬於力量強大的「舊世代」，也無法打破保護亞絲塔露蒂的那層神格振動波。

「和眷獸共生的人工生命體……真不愧是『魔族特區』，飼養了這麼稀奇的人偶。雖然那確實有些礙眼……面對這招又如何呢？」

紀柳樂手中出現了一條深紅色鞭子——宛如薔薇藤蔓，長滿尖刺的長鞭。那是她的眷獸——「具備意志的活武器（Intelligent Weapon）」。

然而不知為何，她沒有將長鞭揮向亞絲塔露蒂的眷獸，而是打在自己腳邊。

下一刻，隨著轟雷般的巨響，亞絲塔露蒂的眷獸頓時身形搖晃。

「——亞絲塔露蒂？」

無數彈雨撲向保護淺蔥的虹色人形眷獸。

大口徑的反器材步槍、手提火箭彈、機關炮以及弩炮——這波攻勢所用的，全是專門對付魔族的特殊加工咒力彈。

面對普通魔族無法招架片刻的集火射擊，亞絲塔露蒂的人形眷獸撐過去了。然而，她再厲害也動彈不了。驚人的猛烈炮火徹底封鎖了亞絲塔露蒂的行動。

「為什麼特區警備隊會……！」

淺蔥傻眼地嘀咕。

攻擊亞絲塔露蒂的並非紀柳樂，而是把守在現場，原本準備捕獲奇力加·基力卡的特區警備隊重兵。理應站在淺蔥她們這一邊的警備隊員，正打算將亞絲塔露蒂擊斃。

「Miss藍羽，我建議逃走。他們受了眷獸的攻擊。」

亞絲塔露蒂以機械性的淡然口吻說了。

「攻擊……？」

淺蔥恍然大悟地看向紀柳樂。

她那條長鞭的前端還扎在地面上。不過仔細一看，前端有如植物的根分岔成無數條，都沿著地面伸到了警備部隊的腳底。

『不妙喔，小姐。紀柳樂・齊勞第的眷獸「薔薇行屍製造者」，能力是操控心靈。為了以防萬一才聚集的戰力，反而成了敗筆。』

摩怪快言快語地解說，口氣裡始終帶著挖苦的調調。淺蔥悶不吭聲地咬住嘴唇。

紀柳樂說過，她反過來「支配了」監禁自己的魔族收容所。

如寄生植物般直接連接他人的肉體，並進行心靈支配。那就是她的眷獸能力。

這樣的能力簡直可稱作社會公敵。以某種意義來說，比吸血鬼真祖更恐怖。

因為人類是靠集團作戰的生物，面對具壓倒性體能的魔族，人類藉著數量及默契來對抗，為自己爭得平分秋色的地位。

但紀柳樂的能力會剝奪人類最強的唯一武器。敵人的數量越多，越能助長她的強大。

「我來拖住他們。請快點離開現場——」

亞絲塔露蒂不帶情緒地做出指示。不過，她的嗓音明顯有心慌的感覺。

身為只能用強大魔力剋制的眷獸，又可以反彈所有魔力的攻擊——亞絲塔露蒂的眷獸在理論上接近無敵，卻也有弱點。

那就是宿主亞絲塔露蒂本身屬於脆弱的人工生命體。

她的身體無法承受長時間召喚。沒有吸血鬼肉體的她要召喚眷獸，負擔實在太大。

「小那！」

淺蔥又牽著小那的手跑了起來。她們沒地方可去，可是也只能先逃再說。

面對特區警備隊，亞絲塔露蒂無法反擊。只要淺蔥她們還留在這裡，亞絲塔露蒂就得一直當她們兩個的肉盾。

紀柳樂卻露出貌似同情的臉色，目送淺蔥她們逃跑的背影——

「呵呵……可惜嘍。既然是『舊世代』吸血鬼，能使喚複數眷獸也不奇怪吧？」

她說著高舉左手。

從她左手噴出的鮮血，不久就化成了新的眷獸身影。

那是一群深紅色雄蜂。十幾隻身長達五、六十公分的巨蜂，成群結隊地朝淺蔥她們殺來了。這畫面驚悚得有如惡夢。

「上吧，『毒針群』！」

紀柳樂嫵媚地笑個不停。

「——唔！」

巨蜂滿布頭頂，讓淺蔥絕望地跪下。這次實在走投無路了，就算和統管人工島的超級電

腦求助，也想不出方法逃過這一劫。

特區警備隊的主力部隊被紀柳樂掌控，亞絲塔露蒂也已經撐到極限。只是個普通高中女生的淺蔥當然沒有力量對抗眷獸。

「對不起，小那……」

淺蔥頂多只能用自己的身體保護小那。

小那看淺蔥像真正的母親一樣庇護著自己，露出了溫柔的微笑。

「不用擔心喔，媽媽。」

小那在耳邊細語，淺蔥「咦」地眨了眼睛。深紅色蜂群則朝著她們一湧而上——

就在隨後，滿心歡喜的笑聲響徹周遭。

「慘劇的歌姬和勇敢的處子啊——哈哈哈哈，真不錯。這樣的排場和盛宴之夜相當匹配不是嗎？」

龐大得令夜空焦黑的魔力洪流如閃光般掃過。

在這道破壞性衝擊的洗禮下，深紅色蜂群四分五裂地消滅了。那道衝擊的真面目，是一匹光輝燦爛的巨蛇眷獸。

「請務必讓我參加這場盛會，紀柳樂．齊勞第。」

站在黑暗中兩眼綻放深紅光芒的，是一名俊美的金髮青年。他那身穿純白大衣的模樣，

也像為了拯救淺蔥她們而趕來的騎士。

然而他散發的氣息，要形容成騎士卻太過邪惡。

他露出的笑容過於猙獰，充滿了對殺戮的期盼和興奮。

「……迪米特列．瓦特拉……！」

美豔的吸血鬼女子道出身為戰鬥狂的貴族青年名諱。

可畏的「舊世代」吸血鬼彼此邂逅了——

殺意的波動溶入大氣，為「魔族特區」的夜晚添上凶煞色彩。

4

「——不行，撥不通。」

古城望著接不上線的手機畫面，不甘心地咬牙作響。

和淺蔥的通話中斷前，古城曾聽見她們倆遭受襲擊的動靜。在那之後已經過了相當長的一段時間。

襲擊者的真面目若是來自監獄結界的逃犯，淺蔥她們的生命就有危險了。

淺蔥只是普通高中生，碰上凶殘得被關進監獄結界的魔導罪犯，想來實在沒辦法平安逃掉。她們也有可能已經遭到殺害。

「可惡……話說回來，淺蔥為什麼會和那月美眉在一起？」

古城一邊往招待所外移動一邊狠狠捶牆。電梯的速度感覺格外緩慢。保護招待所不受侵襲的重重保全系統，讓古城倍感可恨。

「也許是藍羽學姊待在基石之門的緣故。」

握著銀槍的雪菜拉了拉古城的袖口，然後低聲說道。古城嚇了一跳，看著她問：

「基石之門？」

「是的。南宮老師是在魔力被完全奪走前，靠著空間跳躍逃走對吧？既然如此，她應該會挑一個就自己所知最安全的地方。」

「這樣啊……畢竟特區警備隊的本部就在基石之門……」

古城想起聳立於絃神島中央的摩天樓威容。備有牢靠的防衛系統，更受到眾多攻魔師保護的基石之門，確實是絃神市內最安全的地方。

那月會挑基石之門當做逃亡的去處，反倒是理所當然的判斷。

而且，淺蔥碰巧也留在基石之門。因為她在大樓內部的人工島管理公社，接了程式設計師的打工差事。

「可是，我想南宮老師在抵達特區警備隊的待命所以前，就已經徹底幼兒化，並且失去記憶了。」

「她是在那種狀況下遇到淺蔥啊……」

淺蔥說過那個迷路的小孩很黏她——想起這一點的古城捂了額頭。他可以鮮明地想像出當時淺蔥混亂的模樣。

恐怕不會錯——如此表示的雪菜點點頭又說：

「假如南宮老師還保有一些記憶片段，應該會本能性判斷藍羽學姊是安全的對象。我猜老師大概是受了那種影響，才出現類似幼鳥對母鳥的銘印效應(Imprinting)。」

「就是把最初看到的玩意當成媽媽的……那種現象？」

原來如此——古城感到釋懷。無論真相如何，那實在很有可能發生。

但就算明白了她們待在一起的原因，也沒有任何問題能得到解決。兩人目前仍暴露在危險之中。

古城等人通過最後的安檢閘口，才總算來到建築物外頭。

「紗矢華，能聯絡上特區警備隊嗎？」

雪菜仰望旁邊的紗矢華問。紗矢華則握著手機搖頭說：

「不行，他們那邊好像也很混亂。我目前不是在執行正規任務，所以沒辦法用獅子王機關的優先熱線。按正常程序走，不知道要花幾小時才聯絡得上……」

「可惡……單軌列車居然停駛。明明馬路已經被遊行塞得水洩不通了！」

古城抬頭望向設置在天橋上的電子布告欄，低聲埋怨。島內的道路全都壅塞不堪，搭汽車顯然沒用。如果不能搭單軌列車，剩下的移動手段只有走路而已。

從這裡到基石之門，即使靠吸血鬼的體力全力衝刺，應該也要花近十五分鐘。無法想像在古城趕到以前，淺蔥她們還能平安無事。

「學長，用那個！」

此時，雪菜拉住古城的手大聲說道。她用手指著的，是一間小小的便利商店。

「騎腳踏車嗎！」

古城領會雪菜的用意，拔腿跑了過去。便利商店前停著一輛腳踏車，那是在市區用的小輪徑車種，但至少絕對比走路快。

「我們會向車主道歉，請學長先去！靠吸血鬼的腳力——」

雪菜揮下銀槍，劈斷腳踏車的車鎖。

接著她在自己的指尖劃出小傷口，讓古城含住從中流出的血。

「啊！啊——！」

紗矢華瞪了舔著雪菜手指的古城，大聲發出尖叫——聽來憤怒和羨慕參半的錯亂叫聲。

但現在並不是跟她們攪和的時候。

古城的身體對雪菜的血味起了反應，開始活性化，吸血鬼本來的能力隨之覺醒。胸口的傷又隱隱作痛起來，但古城不予理會，騎上腳踏車。

「我們也會立刻趕上。」

「抱歉，姬柊。欠妳一次恩情！」

古城憑著吸血鬼的肌力，使勁猛踩踏板。

腳踏車頓時像被人從後頭踹了一腳，加速飆了出去。

5

青紫色頭髮的女子仍握著深紅長鞭，眼睛則凝望著身為吸血鬼的貴族青年。

她那頹廢的美麗容貌微微呈現出困惑之色。

「——迪米特列．瓦特拉……『戰王領域』的貴族怎麼會到這裡……！」

瓦特拉是歐洲第一真祖「遺忘戰王（Lost Warlord）」的嫡系純正吸血鬼。紀柳樂不明白，瓦特拉這等貴族出現在和夜之帝國封地相距甚遙的遠東「魔族特區」，是為了什麼理由。

另一方面，瓦特拉對她的困惑不顯在意，兀自優雅地行禮微笑。

「幸會，紀柳樂‧齊勞第，血承『混沌皇女』的氏族公主。」

瓦特拉走到紀柳樂面前，像是要保護淺蔥和小那。紀柳樂嬌媚的唇不滿地扭曲了。

「身為『遺忘戰王』血族的你，要來壞我的好事？」

彷彿就等她這麼問，瓦特拉笑答：

「這裡是遠東的『魔族特區』，我等真祖的威望也無法伸及。身為聖域條約制定的外交使節，在此我將基於人道立場阻止妳這罪犯的凶惡行徑——妳不覺得這劇本寫得很好嗎？」

「難不成狩獵我們這些監獄結界的逃犯，就是你的用意所在？」

紀柳樂總算察覺瓦特拉的目的，眼光帶刺地瞟著他。

這名俊美的貴族青年，相傳是讓歐洲魔族畏服的著名戰鬥狂。

為了打發不老不死帶來的苦悶，瓦特拉一心只求和強敵交手，據說有時更不惜吞噬掉同族的吸血鬼。

對這樣的他來說，凶狠得被關在監獄結界的眾多魔導罪犯大概就像求之不得的獵物，可以合法地廝殺更是再好不過。

「別看我這樣，我可是負傷之身喔。為了復健，我一直在找願意奉陪的對手。」

瓦特拉語氣正經地說道。紀柳樂冒出一絲冷汗，並且猛力抽響右手上的長鞭。

「你可真是假惺惺呢，蛇夫……不過，憑你能奈何得了我的眷獸——？」

霎時間，受她支配的特區警備隊隊員都拿武器對著瓦特拉，總數在一百六十人以上。被這麼多槍口指著，任何魔族都不可能徹底閃過。而且他們裝備的武器即使是面對吸血鬼貴族，也有造成致命傷的威力。

儘管如此，瓦特拉依然面不改色。他只是舉起右臂，輕輕彈響指頭。

「——『娑伽羅』！」

樣貌酷似海蛇的眷獸環繞著瓦特拉具現出實體。那矗立於摩天樓間的身影，帶著一股超現實的威迫感。

眷獸冷酷的雙眸睥睨著紀柳樂和她支配的人馬。

「什……」紀柳樂仰望毫不猶豫地蓄勢攻擊的眷獸，臉色驟變。

「你是認真的嗎？迪米特列．瓦特拉！這些傢伙只是受了我的操控而已喔！」

「……所以呢？」

瓦特拉一臉打從心裡感到不可思議的表情，語帶嘲笑地反問。

巨大海蛇將自身肉體化為超高壓水流，朝特區警備隊撲去。爆壓令路面的柏油碎散，用盾牌及裝甲車防禦的隊員們都像紙張一樣被捲飛。

太過無情而荒誕的破壞景象。

淺蔥屏息望著那令人絕望的畫面。

即使如此，瓦特拉似乎多少有留手。當然那並非針對特區警備隊的隊員，而是顧慮到淺蔥和小那的人身安全。他那命名為「娑伽羅」的眷獸，要用數萬氣壓的壓力籠罩周圍一帶，讓所有人的身軀瞬間沸騰，其實也是辦得到的。

「妳想拿人類當擋箭牌？真搞不懂……為什麼妳覺得我會在乎那種被妳操控的軟弱貨色死活？」

瓦特拉用感到乏味的語氣問紀柳樂。特區警備隊的主力部隊幾乎呈潰滅狀態，也代表紀柳樂失去了她那批手下。

「……是嗎……你就是這樣的吸血鬼啊，奧爾迪亞魯公。正如傳聞所說呢。」

開口嘀咕的紀柳樂氣得聲音發抖。瓦特拉的眷獸再度實體化，威嚇般飛繞於空中，並將她鎖定成目標。

瓦特拉略顯失望地看著不做抵抗的紀柳樂說：

「已經玩完了？假如第三真祖的氏族就只有這點實力，可會讓我大失所望。」

「……嗯，不要緊。儘管放心吧——我不會讓你有空閒失望！」

紀柳樂甩亂青紫色頭髮大吼。她的右手變得如蜃景般模糊，揮出的深紅長鞭宛若閃電。鞭之眷獸——紀柳樂的「活武器」鎖定的目標，是瓦特拉派到她頭頂的眷獸。

荊棘長鞭在空中分岔成無數道，捆繞住巨大海蛇的身軀。

「原來如此……所以妳能操控的還不只人類……」

瓦特拉察覺眷獸的操控權被奪，淺淺地露出微笑。那並非徒具形式的笑，而是他首度貌似滿足現出的微笑——帶著猙獰陰影的危險笑容。

「接招吧，蛇夫——『毒針群』！」

紀柳樂同樣露出殘酷的笑容，深紅蜂群再次從她頭上出現。其數量無法和初次看見時相比，少說有五百，或者一千——蜂群龐大得足以將天空染成整片深紅。能一次召喚出這麼大量眷獸的吸血鬼，即使在「舊世代」中也不多見。

「哈哈哈哈，真不錯，實在不錯。這才稱得上慘劇的歌姬！」

瓦特拉開朗地大笑。他鮮少會露出這種由衷滿足的表情。

眷獸操控權被奪，還遭受敵人猛攻——連在自身性命遭受危險的情況下，他還在高興來自監獄結界的逃犯是符合自己期待的強敵。

深紅蜂群大舉撲向欣喜的瓦特拉身邊，看起來也像一把要將他焚滅殆盡的巨大火焰。無數眷獸同時發動的攻擊，令人避無可避。

然而，這時在瓦特拉頭上卻無聲無息地冒出一團彷彿漆黑漩渦的物體。巨大漩渦的直徑長達十幾公尺。

「──『毒針群』？」

紀柳樂的美麗臉孔驚愕得扭曲。

因為深紅蜂群在觸及貴族青年的身軀之前，就陸續消失蹤影了。

浮在瓦特拉頭上的漆黑漩渦正一股勁地將蜂群吞沒。

「那是眷獸……？不會吧！」

紀柳樂到底有沒有發現那道漆黑漩渦的真面目，是幾千條蛇交纏而成的集合體呢？幾千條蛇正陸續伸首，咬向迎面撲來的深紅蜂群，將它們吞食入腹。

瓦特拉召喚的新眷獸，是具備一千個頭的蛇之眷獸──

為了吞沒數百隻雄蜂，瓦特拉召喚了數量更勝蜂群的千頭蛇獸。

「好久沒遇到能讓我召喚這傢伙的敵人了，紀柳樂·齊勞第。」

瓦特拉滿足似的嘀咕。他的碧眼染成深紅，唇裡冒出長長獠牙。可以看出驚人的魔力正逐漸充填至貴族青年的肉體。

他打算吞下紀柳樂的眷獸，藉此療癒先前戰鬥受的傷並取回喪失的魔力。

「我的眷獸被……你……做了什麼……！」

被逼上絕路的紀柳樂祭起了深紅長鞭打瓦特拉本人。然而，長鞭也在空中遭到瓦特拉的新眷獸捕食。分岔成無數道的「活武器」被無數條蛇逐漸吞噬。

不只長鞭，更連同紀柳樂握著長鞭的手——

「啊啊啊啊啊啊啊啊啊啊——！」

右臂被從中咬斷，紀柳樂發出慘叫。蛇群前仆後繼地撲向轉身想逃走的她。她的全身上下立刻被啃咬，染成整片朱紅。

同族吞噬者——那就是瓦特拉受歐洲吸血鬼畏懼的真正理由。瓦特拉會吞噬和自己同類的吸血鬼，奪取他們的力量。

紀柳樂打算讓身體化成霧逃走，這項企圖被瓦特拉的另一匹眷獸阻止。將氣壓操控自如的海蛇製造出濃密的大氣障壁，不許她逃亡。

「哈哈，妳還活得了？不愧是『舊世代』，太美妙了——」

一半身體化成霧的紀柳樂，在半實體化的狀態下滾落地面。瓦特拉望著她的悽慘模樣，殘酷地笑個不停。

「不……不要……住手……放過……我……！」

紀柳樂只靠剩下的左臂在地上爬，拚了命想逃離瓦特拉。

縱使是復原能力再優秀的「舊世代」吸血鬼，也不可能在短時間之內就讓這樣的重傷痊癒。紀柳樂已經沒有力量戰鬥。

等著她的，只有單方面的凌遲。

「…………」

淺蔥預料到殘酷的未來，遮住了小那的眼睛。不能讓年幼的她看到比這更過分的慘劇。

這名俊美的貴族青年並不是來救淺蔥她們的，他只求戰鬥。如字面所述，他是為了狩獵能「化為自己血肉」的獵物才現身的。

根本就沒有保證，他在結束殺戮後不會加害淺蔥和小那。

而且特區警備隊也處在瓦解狀態，持續承受他們攻擊的亞絲塔露蒂也到了極限，已經沒有人救得了淺蔥她們——

誰來幫幫忙，阻止那個男人。

淺蔥抱緊小那的身軀，膽怯的心聲終於快要脫口而出。

彷彿為了回應淺蔥的呼喚，有陣她熟悉的少年嗓音傳來。

「瓦特拉————！」

瞬時間，滿布夜空的濃密妖氣消失了。

灑落的月光照耀著一輛承受不住猛操，車身正到處冒出白煙的腳踏車，以及跨坐在上頭的曉古城。

6

狀況只能以悲慘來形容。

路面被劃開，大樓牆面龜裂，附近的紅綠燈和街燈全部東倒西歪。

特區警備隊的主力部隊呈瓦解狀態，還有個衣著和內衣差不多的女吸血鬼半生不死地倒在地上。

唯一可以慶幸的是，淺蔥和她抱著的女童基本上似乎都安然無恙。

不用問也明白是誰幹的好事。八成就是看了這副慘狀還能泰然笑著的吸血鬼戰鬥狂。

「嗨，古城。」

瓦特拉望著滿身大汗的古城，一臉笑容和現場狀況並不搭調。

古城甩開騎來的腳踏車，疲憊嘆道：

「這是悠哉打招呼的時候嗎！你下手太重了！」

會嗎——瓦特拉不服地偏著頭。

古城對倒在他腳下的女子有印象。那是來自監獄結界的逃犯。

看來襲擊淺蔥她們的其中一名逃犯是被瓦特拉擊退了。以結果而言，淺蔥她們是因為他才會得救。或許古城該向他道謝，但是看過現場的慘狀，他實在沒有那種心情。

重創的女逃犯左臂上，黑灰色手銬發出光芒。

被從中湧現的銀鏈綑縛之後，她的身影立即消失了。她是被拖回監獄結界了。瓦特拉看見這一點，佩服般點頭稱許：

「哦……監獄結界的逃獄防止機制起作用了？多虧你才能看到這種有意思的畫面，古城。這座島果然不會讓人無聊。」

「你自己去高興吧……！」

古城傻眼地撂話，然後趕到淺蔥她們身邊。

淺蔥臉上並沒有平時那副從容的賊笑，頭髮亂糟糟的，衣服也被塵土和泥巴沾得髒兮兮，睫毛則已經淚濕。即使如此，她還是抬頭看向古城，堅強地發出怨言：

「你很慢耶，古城。」

「……抱歉。」

十分像淺蔥作風的第一句話讓古城苦笑。古城拉著她的手，幫忙她起身。

酷似那月的女童正一臉不可思議地仰望他們那副模樣。

「亞絲塔露蒂呢？沒事吧？」

古城問了坐在牆際的人工生命體少女。亞絲塔露蒂動作生硬地轉頭，虛弱地回答：

「我表示肯定。但不可能繼續戰鬥，需要休息以及再次調整。」

「我明白了。剩下的交給我。」

古城中氣十足地斷言。聽到這句話，亞絲塔露蒂安心似的閉上眼睛。大概是為了保留體力而進入休眠模式吧。

傷腦筋——古城發出安心的嘆息，淺蔥則像發了火，瞪向他的臉龐。

「交給你——說什麼話啊？這到底怎麼搞的！你知道些什麼？」

「我才想問，妳怎麼會和那月美眉在一起？」

古城也忍不住吼回去。淺蔥只是普通高中生，既沒有能力和魔導罪犯交手，也沒受過那種訓練。就算淺蔥獨自逃跑，也不會有人責怪她。可是她卻保護一個陌生女童，拚命到這麼狼狽的地步。

簡直匪夷所思——古城心想。

聽了古城的話，淺蔥猛眨眼睛。

「你說我和那月美眉在一起……什麼意思？你是指小那嗎？」

「小那？」

「對呀。小時候的那月美眉，簡稱小那。」

「喔……」

原來是這個意思——古城理解了。淺蔥當然也有察覺這個女童長得像那月。畢竟那月到最後似乎還是喪失記憶了，為這種狀況的她另外取名字，也許不失為一個好主意。

「南宮那月……我懂了，是這麼回事啊。那些逃犯的目的是要抹殺『空隙魔女』？」

另一個貌似理解喃喃自語的，則是聽著古城他們交談的瓦特拉。身為戰鬥狂的貴族青年用狡猾目光看著年幼的小那。

「瓦特拉……你……」

為了保護小那她們，古城擺出架勢。

南宮那月做為一名優秀攻魔師，是少數被瓦特拉認同能和他平起平坐的「強敵」。而那月現在喪失了記憶和魔力，落得一副年幼的少女姿態。古城完全無法想像，瓦特拉得知這點會採取什麼行動。

明顯可知的是那月一死，監獄結界就會徹底消滅，讓逃犯們獲得解放。而且，瓦特拉也知道了這件事。

假如瓦特拉有意殺害那月，古城非阻止不可。換句話說，古城將和他交手。

目前的古城被「雪霞狼」刺傷，並無保證能戰勝瓦特拉。不過他還是得拚——哪怕會被淺蔥發現他是吸血鬼。可是——

「哈哈……哈哈哈哈哈……哈哈哈哈哈哈哈哈！」

瓦特拉突然忍俊不住，彷彿嘲弄著暗下悲壯決心的古城。

那是模樣判若他人的真心大笑。

他痛苦地用雙臂托著肚子，笑得身體彎成了「く」字形。

可畏的「戰王領域」貴族——「舊世代」吸血鬼不該冒出這般爆笑。那月目前的模樣也許就是這麼令他意外吧。

「真是的，這什麼模樣啊？完全看不出以前的影子呢，『空隙魔女』——啊哈哈哈哈哈哈哈哈。」

「瓦……瓦特拉……？」

古城面帶困惑地喚了對方。

瓦特拉要是變得殺氣騰騰也就罷了，但古城沒料到他會捧腹爆笑。他並不明白這種時候該怎麼應付這個男人。

「照我看，你似乎也受了傷呢，古城。這樣保護得了她嗎？」

瓦特拉擦拭眼角盈現的淚水，朝古城問了一聲。他那表情似乎還稍稍忍著笑意。

「你想說什麼？」

再次提起戒心的古城問。他目前確實受了傷，無法徹底使出第四真祖的力量。要和活下來的其他逃犯交手，確實有所不安。

然而特區警備隊的主力部隊已經潰滅，就算得逞強，古城也只能自己設法。

瓦特拉似乎看穿了古城心中的糾葛，口氣開朗地告訴他：

「讓我的船來照料她吧。」

「……啥？」

「當然你們也可以一起來喔。再說那樣感覺也比較有趣。」

瓦特拉令人意外的提議讓古城說不出話。

不過，古城立刻察覺了他的本意。監獄結界的那些逃犯都想要那月的命，將那月留在身邊，即使不予理睬，對方也會自動現身。

對於想和強敵交手而蠢蠢欲動的瓦特拉來說，這種狀況可是求之不得。

「既然那些逃犯要找的是她，一定會再襲擊過來。你們留在市區，說不定會累及普通人喔。去我的船上感覺是比較安全，你意下如何？」

「這表示……你會當那月的護衛？」

古城咬著嘴唇沉思。他沒有信任瓦特拉的意思，可是瓦特拉提出的條件讓他覺得並不是多壞的交易。

要對付「戰王領域」的貴族，那些逃犯應該也不會輕舉妄動吧。靠這樣爭取時間，應該也可找到讓那月恢復原狀的方法。

問題在於瓦特拉真的要和逃犯交手時，倒有可能像這次一樣對紘神島造成莫大損害——

「……我明白了。我答應你的提議。」

古城語帶嘆息地說。

要克服這個難關，原本就沒有其他的選項。就算演變成最惡劣的狀況，只要古城能守在那月身邊，總有辦法打破局面才對。

瓦特拉貌似愉快地瞇著眼睛點頭，那表情就像成功將暗戀對象邀請到家裡的國中男生。古城感覺到背後竄出一陣涼意，開始煩惱自己的判斷是不是下得太早。

另一方面，提出異議的卻是淺蔥。

「啥！等一下，你擅自決定些什麼啊！還有，古城，你為什麼會和『戰王領域』的貴族認識？」

「背後有很多因素啦。那個我下次會再慢慢向妳說明——」

淺蔥凶巴巴地逼到面前，古城拚了命想將事情含混帶過。淺蔥打從心裡感到傻眼似的深深嘆氣說：

「你喔……該不會以為這麼說，我就會接受吧？」

「……果然不行嗎？」

古城洩氣地垂下肩膀。淺蔥的直覺本來就很敏銳，古城也不覺得自己對她能一直隱瞞下去。或許差不多是時候了。

這應該是個機會，讓古城將自己變成吸血鬼的事告訴淺蔥。

將自己身為第四真祖這一點告訴淺蔥，然後和她撇清關係，讓她知道接下來沒有普通人出面的分。就這樣而已。沒錯，就只是這樣而已。哪怕要失去淺蔥這個朋友，她的人身安全依舊無可取代——

不過，在古城開口以前，淺蔥就氣勢洶洶地豎起食指宣言：

「好啊。加一項條件，我就願意將小那交給你照顧。」

「……條件？」

古城冒出相當不好的預感，嘴裡咕噥著問。淺蔥齜牙咧嘴地用力抱緊小那，彷彿絕對不會放手並斬釘截鐵宣告：

「我也要跟你們一起去，懂了沒？」

啥——古城絕望地仰頭向天；瓦特拉又笑了出來。

魔物和人邂逅的祭典——「波朧院節慶」仍在進行中。

盛宴之夜更深了。

第三章 於船上

The Oceanus Grave II

1

踏入建築物的瞬間，有股奇妙的感覺湧現。

宛如世界變色的錯覺。空氣乾燥，帶著粗澀的觸感。儘管令人不快，這種空氣對他來說，倒也有種懷念感。

彩海學園高中部——這間學校以「魔族特區」的教育機構而言，相當罕見地並沒有專門研究魔族的特殊設施，屬於尋常無奇的高中。話雖如此，校內卻掀湧著一股異樣氣息。

深夜的校舍裡沒有學生身影，緊急照明和月光照耀著陰暗的走廊。

無人教室的黑板上寫滿了密密麻麻的文字。

那是用異國魔法文字記載的咒語，摘自古老魔導書的其中一節。

粉筆寫下的眾多文字發出淡金色光芒，綻放著強烈的魔力波動。

那是足以改寫世界的壓倒性力量——黑板上的每一個字都是從異界接收力量的「門」。

「……闇誓書……」

青年自顧自的嘀咕，露出了一絲微笑。

那是個戴了眼鏡，容貌具知性的青年。左臂嵌著黑灰色手銬，被扯斷的鐵鏈留了短短一截而顯得左搖右擺。他也是逃離監獄結界的七名逃犯之一，之前被修特拉・D稱呼為「冥駕」的人物。

青年發出靜靜的腳步聲爬上階梯，後來發現倒在走廊的人影，貌似感興趣地停了腳步。是兩具遭巨劍斬斃的魔導師屍體。

倒在地上的魔導師手裡拿著寶劍、法杖以及魔導書——全是威力強大的魔法武器。可是那些玩意已經失去魔力光輝，成了沒有價值的垃圾。

瀰漫於校內的奇特空氣剝奪了那些武器的魔法之力。

「他們是LCO的魔導師嗎——？」

青年朝教室裡詢問。

聽見他的聲音而回過頭的，是個身穿黑白色十二單衣的年輕女子。

「書記魔女」仙都木阿夜——

她手裡握著變短的粉筆，背後的黑板上則以細密字體記載著魔導書的一節。

「……記得……你也是監獄結界的逃犯吧。別人曾叫你冥駕？」

阿夜面無表情地望向青年全身，循著模糊的記憶提問。

「我只是個落魄的攻魔師，不配報上姓名。」

「……都已經若無其事地進了我的『世界』，你可真敢說。」

阿夜瞪向親切微笑著的青年，並對他露出挾帶殺氣的笑容。

青年泰然自若地承受她那充滿敵意的視線，然後將自己的左臂舉到眼前。

「妳的手銬呢？仙都木阿夜？」

「……什麼意思？」

「既然妳奪取了南宮那月的記憶，在那當中自然會有監獄結界的『鑰匙』——解鎖術式包含在裡面才對。南宮那月逃掉以後，妳無意追她，就是因為沒那個必要吧。」

青年望著魔女的左臂問道。

她藏在十二單衣袖子底下的手腕不見本來該有的手銬。因為仙都木阿夜早就從監獄結界完全獲得解放了。

可是，她並沒有將得到監獄結界的「鑰匙」一事告訴其他囚犯。

因此除了青年以外的逃犯，目前都還在追殺南宮那月。那月是被當成了誘餌。

然而被青年道破那一點，阿夜仍笑著表示那又如何。

「你是來討『解鎖術式』的餘惠嗎？冥狼？」

「……不。解開這個的方式，我心裡也有著落。」

被阿夜用奇特的名字稱呼，青年嘆息著搖頭。

阿夜納悶地變了表情。

「那麼，你為何要來？」

「我只是想親眼確認而已。」

「……確認？」

「嗯。我想確認當我們這些逃犯將注意力放在南宮那月身上時，妳又打算做些什麼。」

青年輕輕踏向掉在腳邊的寶劍。理應蘊含強大魔力的寶劍輕易碎散，留下枯木折斷般的餘響。

「這是闇誓書的力量？」

沒錯——阿夜點了頭，視線落在手裡握著的粉筆。

「闇誓書本身已經佚失。南宮那月將書燒掉了，其中記載的魔導睿智只存在於那傢伙的記憶裡。」

「所以，妳才會從她那裡奪走記憶，像這樣重現闇誓書的內容嗎……原來如此，這就是妳被稱作『書記魔女』的緣故——」

青年望著書寫在黑板上的闇誓書內容，貌似愉快地笑出聲音。

蓄集了和魔導有關的知識和咒語，本身也變得帶有強大蠱惑力的書——那就是被稱作魔導書的「有力書籍」。它是具書本外形的魔導器，可以賦予閱覽者超越人智的力量，代價則是招來莫大的災害。

仙都木阿夜能複製魔導書。

她抄寫出來的不只文字，連正牌魔導書蘊含的魔力和詛咒都能完全重現。那就是人稱「書記魔女」的仙都木阿夜的特殊能力。

而她根據南宮那月的記憶，讓已經佚失的凶猛魔導書——「闇誓書」復活了。阿夜寫在黑板上的文字成了新魔導書的一部分，正釋放出龐大魔力。普通人應該已經無法接觸黑板，也不能直視那塊黑板。

如今彩海學園的校舍本身就是「闇誓書」。

然而，逃犯青年卻平靜地盯著黑板。

「你也要來妨礙我？」

阿夜瞪著青年問。從她背後幽幽浮現的是披戴闇色鎧甲的騎士幻象，拔出的巨劍尖鋒指向青年眼前。

「不。畢竟對我來說，妳的『實驗』或許分外有意義。」

青年若無其事地徒手抓住指向自己的劍尖。瞬時間，闇色騎士的身形變得模糊扭曲。

青年什麼也沒做，只是輕輕碰了一下而已。光是如此，魔女「守護者」的存在就受到動搖了。阿夜反感地皺著臉，下令要闇色騎士後退。

「這樣啊……你……你是……獅子王機關的……」

阿夜瞇起不祥的火眼，望向青年被眼鏡遮著的臉。

青年毫無防備地轉身背對她，就這樣走出教室。

「我會祈禱『實驗』成功，仙都木阿夜。祝妳有個美好的盛宴夜晚——」

最後青年只留下這一句，身影隨即消失在黑暗中。

獨自留下的阿夜則將手裡的粉筆捏碎洩憤，接著她又用殘留在指尖的白粉在黑板上寫下文字——寫下用來讓闇誓書完成的最後一段文字。

大功告成的闇誓書啟動了。

於是世界開始受到侵蝕。

穿著死神般衣裳的魔女也高聲大笑。

在這個瞬間，人們尚未察覺「魔族特區」已開始瓦解——

2

那艘船悠然停在港灣地區的大棧橋。

即使在眾多大型船舶停靠的絃神島，它仍是格外吸睛的豪華船隻。個人所有的外洋遊船——而且是規格超乎常理、媲美軍用驅逐艦的巨型遊船。

曉古城尷尬地杵在船內，手裡握著手機。

『啊？學長是說……深洋之墓二號？』

通電話的對象是雪菜。古城動身去救淺蔥以後就失去了聯絡，她感到擔心才會用基石之門附近的公用電話打過來。

然後她聽了古城目前的所在處，聲音裡頓時夾雜著一股藏都藏不住的憤怒。

『那是奧爾迪亞魯公的巨型遊船對不對？你怎麼會在那裡？』

「呃……哎，情勢所逼啦。」

『什麼？』

雪菜的聲音變得越來越不高興。

她們所在的基石之門周圍似乎還鮮明地留著之前和逃犯戰鬥的痕跡。載著受傷警備隊員的救護車警笛聲、群眾尖叫聲、警員們驅趕圍觀民眾的怒吼，都隔著電話清楚傳來。

雪菜和紗矢華之前應該一直拚命尋找著古城他們的下落。

另一方面，古城等人卻悠悠哉哉待在豪華遊船上，也難怪雪菜她們會生氣。基本上從古城的角度來看，光是和瓦特拉待在一起，狀況就與安心差了十萬八千里就是了。

『你到底懂不懂啊，曉古城？奧爾迪亞魯公待在船上，就表示那裡有治外法權，我和雪菜都不能上船耶！為什麼要把「空隙魔女」帶去那裡？你是白痴嗎？想化成灰嗎！』

紗矢華從雪菜那裡搶走話筒，然後插話進來。聽了她高八度的臭罵聲，古城忍不住皺著臉回嘴：

「這也沒辦法吧？瓦特拉那個笨蛋，滿腦子想用那月美眉來引誘那些逃犯。與其就那樣留在市區，我覺得來海上還比較安全啊！」

『你這樣說，或許也沒錯啦……』

紗矢華用了留有一些不滿的口氣嘀咕。基本上她似乎也認同古城的判斷尚稱合理。追殺那月的那群逃犯還剩下幾個人。他們和瓦特拉要是在市區交手，根本無法想像會對周圍造成多大的損害。既然如此，換成在海上迎戰應該能減少損害。

『藍羽學姊和南宮老師都平安對不對？』

電話那頭再次傳來雪菜的聲音。

姑且都平安——古城含糊地回答：

「總之，她們兩個好像都沒有受什麼大傷。那月美眉變成那個樣子，我不知道算不算平安就是了。」

『說的也是……』

雪菜也微弱地發出嘆息。那月幼兒化的模樣，她也透過電視轉播看見了。

『那個……我覺得至少把藍羽學姊送回家比較好。畢竟要是待在那裡，她肯定會捲入戰鬥當中。』

「我也有同感，但是她說也說不聽啊。別看她那樣，那傢伙有夠頑固的。再說小那也很黏她。」

古城怨怨地嘟噥。雪菜看似納悶地沉默半晌又問：

『你說……小那？』

「就是小朋友版本的那月美眉啦。簡稱小那。」

『是喔……』

雪菜似乎莫名能理解地嘆了氣，接著口氣立刻又變得不安。

『總之，我和紗矢華也會盡量趕到那附近。請學長至少不要讓問題變得更複雜喔。』

「變複雜……是怎麼個複雜？」

『呃，例如說……在藍羽學姊面前讓吸血衝動發作……』

「——誰會啊！我們是在小朋友面前耶！」

『……那就好。』

雪菜到最後還是留了一句擔心的嘀咕，然後電話就切掉了。古城將手機放回口袋，疲憊不堪地靠到牆上。於是——

「——你剛才在和誰講電話？」

「喔哇！」

有人似乎就守在旁邊，還問了古城一聲，讓他嚇得發出愚蠢的尖叫。

轉頭看去，是淺蔥帶著小那站在那裡。

「淺……淺蔥？妳沒去換衣服嗎？瓦特拉的侍女說過會借衣服給妳們吧？」

想改變話題的古城硬是馬上反問回去。淺蔥和小那還穿著被逃犯追殺而弄髒的衣服。

啊，你問這個嗎——淺蔥揪起沾了泥巴的上衣下襬說：

「我是請船上的人先去張羅，好讓我們洗個澡。」

「洗澡？」

「聽說船裡有大澡堂喔。瓦特拉先生真不是蓋的耶，不愧是領主，真有錢。」

淺蔥環顧豪華的船內，說得像是大受感動。

也是啦——古城跟著同意。由於當事人性格太搞怪，古城差點忘記瓦特拉是「戰王領域」的貴族——不折不扣的君主。原本他該是國賓等級的重要人物。

「所以你怎麼會跟那種人認識？」

貼近古城的淺蔥仰頭問道。古城無意識地別開眼睛說：

「那是因為……呃……我們體質相同……不是啦，我們稍微有共通的話題。」

「哦～～？」

淺蔥半瞇著眼，和古城越貼越近。

不知不覺中被逼到牆邊的古城被淺蔥帶刺的目光貫穿而沉默了。看來半吊子的藉口在這種狀況下不管用。

「我說啊，古城……最近和你講話，我都有一種只有自己被蒙在鼓裡的感覺，有時候會讓我非常火大耶。」

「淺蔥……」

意外聽到淺蔥的心聲，古城有股強烈的罪惡感。他確實有事情瞞著，所以根本找不了藉口。算了——淺蔥卻輕輕聳肩，乾脆地放過被逼得無路可退的古城。

「總之，這些事等我洗完澡再來追究清楚。這次你可要全部招出來喔。走吧，小那。」

淺蔥牽著幼兒化的那月朝澡堂走去。古城望著她遠去的背影，深深嘆了氣。

有時間做心理準備是滿令人慶幸，反過來說，或許這就是淺蔥下的最後通牒。古城要繼續對她隱瞞自己的真面目，差不多也到了極限。

話說回來，淺蔥今晚似乎有種被逼急了的感覺。古城和瓦特拉彼此認識這件事，似乎讓她格外有戒心。而且淺蔥明知道危險卻還跟上船，古城實在不明白她到底在焦慮什麼。

話雖如此，瓦特拉確實是個棘手貨，淺蔥對他有戒心自然最好——就這樣，古城硬找了一個說得過去的結論讓自己釋懷。

隨後，古城驀然抬頭。他發現有張生面孔接在淺蔥之後走了過來。

那是個穿著銀色晚禮服的年輕人，外表年齡在十五、六歲左右。長得嬌小且面容溫順，是十足的美少年。

灰色頭髮和翡翠色眼睛，白淨肌膚以及長長的睫毛。或許因為這樣，少年看來有種說不出的柔弱，散發著一股讓同性也想保護他的氣質。

古城不禁被他宛如藝術品的長相吸引住目光。

「請問——您是曉大人對不對？」

被一陣好似少年變聲前的清澈嗓音叫住，古城總算回過神來。

「呃，你是……？」

「我是『遺忘戰王』的血族，名叫吉拉．雷別戴夫．渥爾提茲拉瓦。來到屬於尊駕領地的遠東『魔族特區』，我卻遲遲沒有問候，望您能包涵，第四真祖。」

自稱吉拉的少年帶著迷人微笑，朝古城恭敬地行禮。

「這裡又不是我的領地，問不問候其實無所謂啦……哎，請多指教。還有，你叫我古城就好了。」

古城親切地對吉拉微笑。既然他是「遺忘戰王」的血族，大概也和瓦特拉一樣屬於「戰王領域」的貴族。儘管彼此是平輩，聽那種身分的人對自己用這麼正式的敬語，總讓古城渾身不自在。

「——真是令人欽佩呢。」

吉拉感嘆似的仰望古城。

「您不誇耀自身威名，而是暗地裡藉著恐懼及混沌支配人民——如奧爾迪亞魯公所說，您是個讓人望而生畏的人物。我深感佩服。」

「呃，拜託，我說過不是那樣了。真的。」

古城望著用尊敬眼神看向自己的吉拉，悄悄發出嘆息。

看來吉拉對古城的認識，是被瓦特拉灌輸了明顯有錯的形象，而且吉拉並沒發現自己被戲弄了。他大概是個正經八百的人吧——古城感到同情。或許吉拉和雪菜的氣質有點像。

「那你找我有事嗎？」

「是的。容我僭越，替換衣物已為您準備好了。若您有意，在那之前可以先沐浴——」

「沐浴……你是指洗澡吧？」

吉拉用流暢得誇張的日文朝古城表明來意。他們似乎連古城的替換衣物都準備了。

「是的。雖然您渾身是血的模樣也有股剽悍的魅力。」

吉拉望著古城微笑，表情莫名羞赧。古城發覺自己的心跳微微加速，因而有些心慌。雖然可愛的長相容易讓人搞混，這傢伙可是男的——古城在心裡告訴自己。

「呃，沒事。老實說，我很感謝。由你帶路嗎？」

「是的。只要古城大人不嫌棄的話。」

「我當然不會嫌棄啦。這艘船太大，我一個人似乎會迷路。」

那麼請跟我來——吉拉再次行禮後就踏出腳步。打算跟著他走的古城卻忽然感覺到背後刺過來一道目光而留步。

有個陌生的少年站在樓梯上，俯望著古城這邊。

他恐怕也和古城同輩，彼此身高也差不多。少年身上那套銀色晚禮服和吉拉十分類似，不過也許是氣質具攻擊性的關係，給人的印象完全不同。容貌俊美的他令人聯想到冰冷刀械。少年瞪著古城，表情帶有的敵意一展無遺。

「那傢伙是誰？」

「特畢亞斯——特畢亞斯．加坎卿。儘管他也是戰王領域的貴族——」

吉拉回答了古城的疑問，臉色顯得相當困擾。

「我該不會……做了什麼惹他生氣的事吧？」

「不……不是的。呃，他大概……只是在嫉妒。」

貌似替古城著想的吉拉低聲說道。

「嫉妒？」

「是的。因為奧爾迪亞魯公總是將古城大人放在心上。」

莫名臉紅的吉拉說完後，越顯困擾地垂下目光。

那是啥意思——古城感到困惑。瓦特拉確實發過誓會對古城奉上永遠的愛，不過他會講出那些胡說八道的鬼話，單純是出於他對第四真祖力量強大的「血」感到著迷，古城沒道理因為這樣就被其他男人敵視。然而對方卻嫉妒古城，這表示——

「……抱歉，當我沒問過剛才那些話。」

認真思考到一半，有股不明的寒意油然而生，讓古城聲音虛弱地咕噥。

特畢亞斯·加坎始終默默地瞪著古城他們，直到看不見其身影為止。

3

「這就是大澡堂嗎……真壯觀。」

古城環顧瀰漫著熱氣的浴室，感慨地發出嘆息。

那間浴室難免不及日本的溫泉旅館，但是仍氣派得不像在船裡。儘管浴池略淺，要讓十個人共浴倒綽綽有餘。

華美裝潢雖少，鋪滿純白磁磚的澡堂依然散發著高級感。以形象而言，應該很適合讓大富翁在眾多年輕情婦服侍下入浴。

或許是受了那些多餘的念頭影響，古城想到瓦特拉在吉拉和特畢亞斯服侍下入浴的模樣，意外讓自己挨中精神轟炸。

不管怎樣，能洗去滿身髒汙是挺慶幸。經過一場場戰鬥，古城早就被汗水和血弄得全身黏糊糊的。

那是古城自己流的血，還有將優麻抱起來所沾到的血——

「……優麻……妳等著吧。」

古城用起泡的肥皂搓掉血跡，嘴裡自言自語。

青梅竹馬傷得慘兮兮而倒下的模樣，和沉痛的情緒一起浮現在腦裡。

儘管事態並非分秒必爭，優麻正徘徊於生死邊緣依然是事實。

想救她，絕對需要那月的幫忙。可是那月卻失去了魔力，還被一群逃犯追殺。

不露行跡的仙都木阿夜也讓人在意，再加上瓦特拉不知道什麼時候又要恣意大鬧。問題實在太多，古城的腦容量已經接近飽和。即使如此，既然事情攸關優麻的性命，總不能半途而廢。

冷靜下來——古城反覆深呼吸，這種時候更不能放棄思考。首先要讓心情鎮定下來，將問題一項一項解決才行——

當古城認真無比地想著這些時——

「——請問水溫如何呢？第四真祖？」

「唔哇！」

突然被人從後面搭話，古城的平常心輕易瓦解了。

帶著赤腳的腳步聲在浴室裡出現的，是一群陌生的年輕女性。

穿著各色泳裝的五人組。

年齡從十多歲的少女到二十過半的都有。氛圍像和睦姊妹，人種和體型卻各有差異而缺乏統一感。唯一稱得上共通點的是她們全都頗具姿色，那屬於生來就帶有高貴氣質的美。

「怎……怎麼回事？」

當然，光溜溜的古城連忙在腰際纏上浴巾並起身。

泳裝美女軍團毫不留情地將沒有防備的他包圍。

「我們是服侍奧爾迪亞魯公的女僕軍團，想要來幫您擦背。」

蹲到古城身旁的是個二十歲左右的金髮美女，木槿花圖樣的紅色比基尼包裹著她那副迷人身材。

「呃，不必了。我不需要別人幫忙擦背……」

為什麼瓦特拉的女僕們會闖進浴室？狼狽的古城心想。

「那麼，我來幫您洗前面。」

「前面也不必！還有，服侍人洗澡並不是女僕的工作吧！」

「……果然瞞不過您嗎？」

有個帶著溫婉千金風範的女性語氣文靜地回答了古城。貌似最年長的她是穿藍色泳裝。

「……瞞不住？」

總之，古城先在心裡替她取了藍比基尼女僕的代號。

「其實我們並不是女僕。」紅比基尼女僕說。

「啥？」

「我們是人質。」

隨口回答的是個褐色皮膚的少女。容貌略顯年幼的她是穿黃色泳裝，泳裝的款式也配合年幼體型，較具運動感。

「……人質？」

「是的。我們是『戰王領域』鄰近諸國的王族或重臣的女兒，還有幾位是遭到奧爾迪亞魯公滅國的公主……簡單來說，我們是被賣掉的，賣來交換祖國的安全。」

「由於身為事主的奧爾迪亞魯公是那種人（吸血鬼），我們都能自主生活就是了。您想嘛，他似乎對女性也沒興趣。」

穿黑泳裝和白泳裝的兩人組在古城的左右耳邊細語。她們倆以年齡來說，和古城最為接近，古城的害羞度也因此倍增。

「所以囉，也為了向賣掉我們的祖國報復，我們打算來個下剋上。」

穿紅泳裝的金髮美女將手抵在細細腰枝，理直氣壯地挺著胸。

忽然口乾舌燥的古城心慌了。

吸血鬼肉體具備的宿命性缺陷——吸血衝動，是由性慾所喚醒。吸血衝動一旦發作，吸血鬼就會迷失自我，變得無法不吸他人的血。

連寫真女星都相形失色的泳裝美女軍團，有充分的誘惑力能刺激古城的吸血衝動。照這樣讓她們牽著鼻子走就太危險了。

古城從那群少女面前別開目光，口氣盡可能正經地反問：

「下剋上？」

「是的。比如向第四真祖求得子嗣。」

紅比基尼女僕將胸部貼向古城，像是要讓他的努力化為泡影。她那句不當的發言讓古城嚴重嗆到。

黑泳裝與白泳裝女僕也帶著熱情的目光，從左右望著古城說：

「畢竟要是懷了真祖的直系子孫，很可能會生出比奧爾迪亞魯公更強大的吸血鬼。」

「還有個方法，我們也可以向真祖分一點血，直接成為『血之隨從』——」

「……所以囉，您要不要快活一下？」

紅比基尼女僕說著在古城眼前豎起食指。她那過於直接的說詞，連古城都感到傻眼。

「血之隨從」是藉著吸血而產生的單一世代假性吸血鬼。據說他們有時會具備凌駕純種吸血鬼的戰鬥力，更能伴隨主人度過永生。

她們的目的似乎是成為古城的「血之隨從」，以獲得和第四真祖同等的戰鬥力。這麼會算計又忠於自身慾望，反而讓人覺得快意坦蕩。

「啊，不過我們是第一次，請您溫柔點喔……」

紅比基尼女僕看古城一副不敢領教的模樣，大概也覺得狀況不妙，就突然楚楚可憐地垂下目光。古城趕走依偎過來的她，揮著手說：

「我說過，我什麼都不會做！」

「……我們不能讓您滿意嗎？」

不安地用泛淚的眼睛仰望過來的，是年紀最小的黃泳裝少女。基本上面對這樣的小女孩，古城認為一對她出手就是罪過。

「呃，不是因為那樣──」

古城一邊嘆氣一邊搔了搔濕掉的頭髮，接著忽然感到不對勁而蹙起眉頭。話說回來，她們怎麼會知道古城正在洗澡？

「……難道這是瓦特拉的指示？妳們受了命令來誘惑我？」

面對古城低聲質疑，美女軍團表情同時變得緊繃。

如果她們是聽命於瓦特拉行動，古城就能明白自己在洗澡時遭受突襲的理由。如果是那個男的，大有可能為了打發無聊而設計這種場面整古城。

古城用懷疑的眼神瞪著，黑泳裝女僕轉過頭說：

「呃……並沒有什麼命令。簡單說呢，這是基於利害關係一致……」

「對呀對呀。再說我們真的是人質。」

白泳裝女僕也帶著生硬的微笑找藉口，看不出她們說謊的跡象。因此，她們姑且都是自願闖進大澡堂的囉？儘管瓦特拉曾慫恿她們這點依然不變──

「……那傢伙為什麼要花這種心思讓我吸血？」

「誰知道呢。我覺得他似乎在等待什麼耶。」

聽了古城嘀咕，穿藍色比基尼的千金小姐正色回答。

「等待？」

「是的。或許他是想追求一股力量，用來和比真祖更加危險的敵人戰鬥——」

聽了她這句不經意的嘀咕，古城頓時屏息吞聲。

在黑死皇派手下復活的古代兵器，以及叶瀨賢生的模造天使——

讓瓦特拉表示興趣濃厚的這些兵器，都是戰鬥力有可能超越真祖的存在。還有第四真祖——身為世界最強吸血鬼的古城，也符合「力量在真祖之上」的條件。也許那只是巧合，卻奇妙地一致。

畢竟他就是那副性子，說不定純粹只是為了和強敵玩個痛快吧。

「哎，所以您要是想快活，請隨時召喚我們。今天就先讓給您的女朋友囉。」

紅比基尼女僕在最後說完這些，接著她們就離開澡堂了。

更衣間那裡聽得見「想不到他滿可愛的耶」、「就是啊」之類的對話，讓古城變得面紅耳赤。他感到強烈疲勞，洩氣得彎腰駝背。

吸血衝動勉強緩和下來了，但他的心臟目前仍狂跳不停。這種狀況實在不能冷靜思考。

至少悠哉地泡個澡好了——如此心想的古城走向浴池，這時忽然想起泳裝少女們最後留下的那句話。

「她們是說……把什麼讓給誰？」

困惑地停下腳步的古城，耳邊聽到了更衣間那邊傳來新的腳步聲以及耳熟的叫聲。

「——等一下，小那！小心地板很滑！」

「咦……？」

在白色霧氣的另一頭冒出兩人的身影。一個是用浴巾裹住全身的年幼少女，另一個則是容貌亮麗的高中女生。

「咦！」

淺蔥察覺到古城的存在，貌似驚訝地當場定住了。

她那雙睜大的眼睛正看著呆站著的古城。

兩個人就這樣默默地對望一會兒，然後同時發出淒厲的尖叫。

4

「淺……淺蔥妳怎麼會……」

古城讓身體泡進略淺的浴池裡，嘀咕的口氣好似囈語。

「我……我才想問你為什麼會在啦！」

和古城背對背坐著的則是淺蔥。他們都為了遮住自己的身體，慌慌張張地跳進浴池裡，結果兩邊都變得離不開浴池。

另外，小那似乎覺得寬廣的浴室很稀奇，正在浴池裡愉快地游泳。

「難道這裡只將入口設計成男女有別，裡面其實是混浴？」

古城發覺往更衣間的門分成左右兩邊，低聲說了一句。那是在露天浴池偶爾會看到的設計，不過沒想到歸屬「戰王領域」的遊船也會是這種構造。

瓦特拉恐怕從一開始就知道事情會變成這樣，才故意瞞著古城他們。那個傢伙——不發一語的古城氣得拳頭顫抖。

「我……我問你喔……你看見了嗎？」

淺蔥擔心地問。看見什麼——古城沒有這麼反問。

「呃，沒有，完全沒看見。畢竟才那麼一瞬間。」

「是……是喔。」

古城和淺蔥兩個人同時「啊哈哈」地乾笑，做作的笑聲迴響於澡堂，留下尷尬的沉默。

像是看準這陣沉默，這時傳來「撲通」一聲東西沉到水裡的聲音。

他們倆一臉納悶地用目光掃向四周後，突然大驚失色。他們的眼睛只離開了一下，小那的身體就沉到浴池底部，水面上只浮著微微的氣泡。

「唔……喂！」

「小……小那——！」

古城和淺蔥嚇得起身，趕到沉在水裡的小那旁邊。

然而小那無視於他們的焦急，俐落地在浴池裡游泳，然後若無其事地從水面露出臉來。接著她又游起了狗爬式，飛濺的水花讓浮在水面的薔薇花瓣隨波蕩漾。

「原……原來只是在潛水啊……」

「太好了……」

古城和淺蔥安心地捂了捂胸口並望向彼此。

喔哇——兩個人又同時尖叫，並且慌慌張張地將身體沉入浴池裡。雖然說身上裹著浴巾，靠得這麼近刺激實在太強烈了。

淺蔥的肩膀和背部仍然露著一大片，濡濕的浴巾也貼在肌膚上，讓身體曲線畢露。和女同學一起泡在浴池裡本來就不正常，這樣下去古城的神經會撐不住。

「那我先出去，抱歉，妳閉一下眼睛。」

古城不得已只好下定決心，單方面這麼交代。可是準備起身的他卻被淺蔥用力拉住手。

「等一下！」

「喔……喔喔……？」

失去平衡的古城在浴池裡滑了一大跤，兩人肩膀因而靠在一起。於是淺蔥彷彿將錯就錯地直望著古城的眼睛說：

「反正剛好有這個機會，能不能在這裡坦白告訴我？你一直瞞著我的事。」

「淺蔥……」

預料外的事態接連來襲，古城腦袋裡已經成了空白一片。

他沒有多餘的心思找藉口，現在要是被問到什麼，都只能一五一十地回答。恐怕淺蔥也明白這點，才會想逼問古城。

淺蔥神色有些凝重地吸了一口氣，然後將問題說出口：

「古城，你…………喜歡的是男人嗎？」

「……啥？」

淺蔥屏息等待回答，古城則用呆掉的臉回望她。短時間之內，他似乎無法理解自己被問了什麼問題。

「等一下，為什麼妳會這樣問？」

「誰……誰叫你……會和『戰王領域』的貴族關係要好，我根本想不出其他可能性嘛。再說，那個吸血鬼確實是個帥得不得了的美男子。」

淺蔥臉紅通通地解釋。難道她從剛才就一直認真地煩惱著這種事？那就是她焦急得不符本色的原因——？

「就算開玩笑也別講那種話……我都起雞皮疙瘩了。」

古城摩擦著變冷的上臂，認真地提出抗議。

然而淺蔥卻還是微微噘著嘴說：

「再說優麻也很男孩子氣。」

「呃，那傢伙是我從小學就認識的朋友啦，跟喜歡或討厭並沒有關係。」

「而……而且你對我的身體似乎也沒有興趣……」

「啥？我什麼時候說過那種話？」

那句針砭太讓人意外，古城忍不住認真反駁。或許是因為他的反應大得嚇人，淺蔥緊緊地揪著胸口的浴巾，眨了眨眼睛。

「你會想看？」

「唔……不可能不想吧。」

為什麼自己非得對著當事人表白這種難為情的事？古城一邊煩惱一邊粗聲粗氣地回答。

「是嗎？」

淺蔥歪著頭，彷彿事不關己地進一步問道。

「對啦，我想看！可是我不想因為那樣而被妳討厭！怎麼說好呢？妳對我而言，是意義特殊的朋友——」

「……特別……嗎？這樣喔。」

看古城有些自暴自棄地亂吼，淺蔥咕噥一聲。唇邊那抹惡作劇般的賊笑，是她一如往常的表情。

「那麼在接過吻以後，你這陣子都變得有點疏遠我，也是因為這樣囉？」

「那是我不好。可是我也需要整理心情，或者說狀況實在太多——」

古城努力擺出平淡的口吻回答。這樣的他背後忽然有一股柔軟的觸感靠了過來。身上只裹著浴巾的淺蔥貼到古城身上了。

「淺……淺蔥？」

「這算是招待。可是，你不能看這邊喔。」

「喔……喔喔？」

淺蔥那完全意義不明的言行，這回真的讓古城完全陷入慌亂了。招待到底是什麼意思？與其說這是招待，根本就吊足了胃口吧？於是——

「……古城？你那道傷是怎麼了？」

淺蔥察覺到古城的傷口，臉色變得嚴肅。即使在外行人眼裡，也能明顯看出那不是正常的傷痕，隨口搪塞似乎不會管用。

古城什麼都沒回答，沉默下來。

然而他沉默的理由並不是因為想不到合適的藉口。

被古城的傷勢分散掉注意力，淺蔥使勁湊過來，浴巾邊邊掀開了——古城察覺到這點。

「抱歉，淺蔥……我忍不住了……！」

古城推開淺蔥的身子，然後用力起身。

「咦？等……等一下……古城！」

跌坐在浴池裡的淺蔥抬頭看到古城滿身是血，訝異得說不出話。

古城狂噴鼻血的模樣，簡直令人懷疑是不是鼻梁骨折。

飛濺的鮮血在浴池裡擴散，將水面染成深紅色的大理石圖樣。

然而，這時候古城已經衝出浴池，跑進更衣間裡面了。

「受不了……搞什麼嘛。」

淺蔥愣然坐在浴池咕噥，不過嘆氣的臉色卻顯得開朗愉快。回想起古城慌亂的樣子，她嘻嘻笑了出來。

「…………」

此時，小那默默望著用雙手撈起的熱水。

她望著溶入第四真祖的血而染成鮮紅的那些液體——

5

瓦特拉為古城等人準備的船室只擺了一張大雙人床，根本是供夫妻用的房型。

古城早料到八成會這樣，連大呼小叫的心情都沒有就倒在牆邊的沙發上。要保護小那她們，待在相同房間反而方便。

淺蔥大概也認為與其獨自待在陌生吸血鬼的船裡，和古城待在一起還像樣點，就沒有表示什麼怨言。

「不要緊吧，古城？你的臉色看起來像是快死了耶？」

而淺蔥低頭看了躺著的古城，一臉擔心地問。

古城慢吞吞地撐起上半身，用乾裂的嘴唇虛弱地露出笑容。

「不用在意……我只是有點貧血。」

「也是啦，像你噴得那麼誇張的話……」

淺蔥傻眼似的聳肩說道。

她身上穿著浴衣，用來替換髒掉的便服。

瓦特拉的侍女似乎不了解波朧院節慶的內容，誤以為在日本提到祭典就該穿浴衣，才會準備這套便服，而淺蔥就向對方借來了。

「所以，那月美眉真的是監獄結界的『鑰匙』囉？」

為了避免把床當彈簧墊玩的小那聽見，淺蔥壓低聲音。不愧是「魔族特區」的居民，對於那月變成幼兒的異常狀況，好像已經坦然接受了。

「大概啦。據說就是因為這樣，逃犯都想要她的命。似乎是中了逃獄魔女的魔導書詛咒，才讓她失去記憶而且幼兒化。」

「詛咒？」

「聽說是將她經歷過的時間奪走了。」

古城一邊回想在監獄結界聽見的逃犯對話一邊回答。淺蔥蹙起柳眉問：

「你是指操控固有堆積時間的魔導書？那不是被指定成禁咒級的危險物品嗎？」

「就是用了那種東西才會被關進監獄結界吧。」

「原來如此……」

淺蔥表情凝重地點頭。說來是理所當然，不過魔導罪犯從監獄結界脫逃的事件，非但對古城等人影響深刻，對絃神島全體居民其實也是天大的問題。

「古城，所以你是被優麻捲進事件的囉？」

「咦？妳怎麼會知道……？」

由於淺蔥問得太自然，古城就坦白答了出來。傷腦筋——淺蔥嘆氣說道：

「我在人工島管理公社的記錄上看過。十年前，有個叫仙都木阿夜的魔女引發了闇誓書事件，結果被那月美眉逮捕。優麻是那次事件的關係人對不對？這麼罕見的姓氏，不會剛好同姓吧？」

「這樣……啊……」

聽到意外揭露的真相，古城咬緊嘴唇。

仙都木阿夜和那月在十年前交手過一次——當時的記錄會被保留，說來也是合情合理。既然如此，關於那什麼闇誓書的底細，難道淺蔥也掌握到情報了？

可是在古城詢問之前，有陣咬字不清的聲音叫了淺蔥。

「媽媽。」

跪坐在床上的小那正用一雙沒有對焦的眼睛望著淺蔥。

淺蔥困惑地將臉湊向幼兒化的那月問：

「——小那？怎麼了嗎？」

「我好睏。」

「啊……都已經這麼晚了嘛。」

淺蔥望著指向深夜零點左右的時針，然後露出苦笑。她伴著小那躺到床上，輕輕撫弄小那綁成麻花辮的頭髮。

小那將臉埋進淺蔥的胸口，貌似安心地閉上眼，接著很快就傳出了規律的鼾聲。真是溫馨無比的一幕。

「這樣一看，總覺得很像真正的母女耶。」

古城感慨地說。小那確實是個可愛的女孩，不過淺蔥會對她這麼呵護也讓人覺得意外。

淺蔥或許也覺得這不合自己的性情，略顯生氣地紅著臉抗議：

「不要亂說啦。假如把小那當成我的女兒，那你不就像爸爸——」

「咦？」

古城出聲質疑她講到一半的那句話。察覺自己失言的淺蔥也僵住了，又補充：

「我……我是指在這種狀況下啦。終究是在這種狀況下才像。」

「對……對啊，就是嘛。」

古城和淺蔥為了不讓氣氛走樣，拚命為彼此緩頰。

就算變成了幼童，他們的班導師就睡在同一張床上，有不純潔異性交往嫌疑的發言應該盡可能避免。

「對了，妳意外適合穿浴衣耶。」

總之為了換個話題，古城直接把心裡想到的說出口。女生穿的衣服只要跟平常不太一樣，先稱讚就對了——凪沙平時就苦口婆心地叮嚀古城。然而，淺蔥卻不滿地瞪著他說：

「哪有意外。我穿了當然適合啊！話說，你怎麼穿運動服？」

「因為瓦特拉那傢伙沒準備什麼像樣的衣服，我才借了吉拉的便服。這衣服滿棒的耶。妳看嘛，是波士頓隊優勝時那一款。」

古城開始說明借來的這套運動服。吉拉和他在支持的籃球隊這方面似乎也合得來。面對表情莫名得意的古城，淺蔥貌似厭煩地望了一眼說：

「夠了夠了，那種事我不熟……重要的是，你別盯著我看。我現在幾乎是素顏狀態。」

「啊……是喔？」

所以給人的印象才和平時不同？彷彿現在才察覺的古城想通了。於是，他忽然正經地盯著淺蔥說：

「妳做這種文靜的打扮應該滿受歡迎的，為什麼平時都要弄得那麼華麗？」

「啥！」

淺蔥青筋暴跳的太陽穴附近，傳出了某條神經繃斷的聲音。

她默默脫掉穿著的木屐並裝備在左右兩手上，然後用上鉤拳的訣竅重重打在古城臉上。

「叩」的一聲沉沉響起，古城捂著下巴痛得死去活來。

「很痛耶。幹嘛忽然打人？還有，一般會用木屐敲人嗎！」
「還不是以前你自己跟我說的！你說我太樸素，叫我花一點心思打扮。所以嘛——！」
「是……是這樣喔……？」
古城忍著被淺蔥踹在背上的痛，同時也摸索著模糊的記憶。
這麼說來，國中時古城或許曾脫口說出那種話。他覺得淺蔥難得有張端正的面孔，卻刻意讓自己低調，感覺滿可惜的。真虧淺蔥還記得那麼久以前的事——古城佩服的部分顯然偏離重點。緊接著——
這時應該已經睡著的小那突然睜大眼睛。
身穿浴衣的女童忽然用違反重力般的不自然動作，緩緩地站起來了。
她身上瀰漫的異樣氣息讓古城他們感到困惑。現在的小那很明顯不是處於普通狀態，感覺像是被某種不明底細的玩意附身。
於是在古城和淺蔥的守候下，穿浴衣的女童深深呼吸。
「——那、月、啾！」
她擺著宛如偶像的可愛動作在床上大叫。從之前的小那身上根本無法想像的亢奮模樣，讓古城和淺蔥都嚇傻了。
「啥！」

「小……小那？」

依然用右手高高比出V字的小那，雙眼無神地停下動作。

她幾乎沒動嘴唇，就像個腹語術表演者，開始用機械性口吻嘀咕。坦白說，那模樣挺嚇人的。

「——確認主人格進入睡眠狀態。固定為慢波睡眠，和淺意識底下的備份記憶領域連接。開始復原固有堆積時間，離復原完成剩下一小時五十九分鐘。」

「這……這啥玩意？」

「應該是……那月美眉的記憶復原了？」

古城和淺蔥呆呆地抬頭望著小那的模樣，發出困惑之語。

小那聽了他們的話，忽然轉過頭對古城他們親切地微笑。正牌那月絕對不會露出那種公務性的笑容。

「很遺憾。公布答案，我是南宮那月的備用假想人格。啾！」

小那笑著吐舌，還擺出莫名其妙的可愛姿勢。古城對這種異常狀況也開始習慣了。

「啾什麼啾，現在不是瞎扯的時候吧……」

「原來那月美眉壓抑在淺意識的是這種人格啊……該說意外或容易理解呢……？」

淺蔥也用疲倦的語氣低聲說道。看來目前的那月是靠著為了緊急狀況預先準備的假想人格在活動。

那月應該是替自己施了特殊的術式，假如像這次這樣受到敵人攻擊而失去記憶，假想人格就會暫時浮現，並且幫自己恢復記憶。

不愧是一流攻魔師，準備得真是周到。那月唯一沒算到的，大概就是事先準備的假想人格在個性上有些問題。

「從備份進行復原……意思是說，妳會直接恢復成原本的那月美眉囉？」

古城帶著一絲期待發問。可是假想人格在床上毫無意義地轉了一圈才回答：

「很遺憾！那實在沒辦法喔～～先不管記憶的部分，靠這副身體，我想應該承受不了使用魔法時的反作用力。基本上就連魔力也不夠。」

「……這樣啊。果然不破壞仙都木阿夜的魔導書就不行嗎？」

「是的是的。我再過十年左右就會長回原樣，等到那時候也是一種方法啾？」

「那不行啦。我們等不了！」

假想人格缺乏緊張感的說話方式，讓古城煩躁得深深嘆息。

隨後，明明沒有人碰遙控器，嵌在船艙牆壁上的薄型電視卻自己亮了。這次又是怎麼回事？古城他們一臉納悶地轉頭，眼前的螢幕模糊地浮現出醜醜的布偶ＣＧ影像。

『——終於接通了。小姐，聽得見嗎？』

「摩……摩怪？」

淺蔥望著電視上的布偶驚呼。古城也知道它的名字。和淺蔥組成搭檔的人工智慧——管理絃神島的五部超級電腦的化身。

「……你怎麼會從那種地方冒出來？」

『因為小姐關掉了手機電源嘛。我透過播送訊號駭入電視。抱歉，好像又發生了麻煩的異變，想找妳幫點忙。』

「啊，是喔。免談。」

淺蔥答得毫不猶豫，然後關掉電視。可是電視又立刻亮了，播出摩怪跪地磕頭的模樣。

『拜託小姐通融一下嘛。』

「絕對免談。你喔，想讓普通工讀生做多少工作啊？都是因為你，害我祭典頭一天整個泡湯了耶。」

淺蔥開始連按遙控器的開關。一發現這樣子沒完沒了，她就將手伸向電視機的插座。摩怪慌亂地拚命搖頭說：

『不不不不，這次的異變和小姐你們不是完全無關耶。』

「啥？你那是什麼意思？」

『以彩海學園為中心，冒出了一塊詭異的空間。使用魔法的裝置在那當中都不能運作，發動的魔法好像也會被取消。』

「……意思是魔法都失效了？」

淺蔥半信半疑地反問。摩怪沉重地點頭。

『簡潔了當地說，就是那樣。』

「哦，那不是很和平嗎？」

『假如這裡不是人工島，我倒可以同意啦。』

「啊……」

終於察覺事態嚴重程度的淺蔥驚呼。絃神島是人工島，連接超大型浮體構造物，在太平洋上構築出來的人造都市。

光用普通的技術，當然無法讓人口超過五十萬的巨大都市浮在海上。「魔族特區」絃神市是靠著魔法撐起來的一座城市。

「該不會連人工島本體的強化魔法也失效了？」

『對。硬化和減輕重量、固定空間、從避邪到防鏽，能想到的建築魔法都停止機能了。現在還只有彩海學園附近受到影響，但要是失效範圍持續擴大，不就有點糟糕嗎？』

「……糟透了啦。」

淺蔥捧著頭自暴自棄地嘆氣。魔法失效的原因不明，可是這樣下去，絃神島遲早會支撐不住都市本身的重量而崩垮。唯一可以肯定的是，這件事不能擱著不管。

『所以啦，目前正在熱烈募集能夠寫出計算強度、補強對策和避難誘導程式的人才。打工費也給得很慷慨喔。』

「事情我姑且明白了……可是我們這裡也碰上了麻煩，沒辦法立刻趕到管理公社喔。單軌列車也還沒有復駛吧？」

『我知道。那個由我這邊來安排──』

「……摩怪？」

映出布偶化身的電視畫面突然變暗。

巨大爆炸聲在淺蔥等人頭上響起，深洋之墓二號的船體劇烈搖晃。

「這次又怎麼了？」

失去平衡的古城滾在床上大叫。船艙的燈光不知不覺也熄滅了，已經切換成緊急照明。

小那性情驟變，絃神島發生異象。光這些就十足棘手，但還有一項急迫的問題需要古城等人面對。衝擊陸續來襲，讓古城想起那一點。

假想人格望向窗外說：

「是監獄結界的逃犯咪。他們迎面上船了咪。」

「……我是無所謂啦，不過妳扮的角色和口頭禪都走樣了。」

古城用冷冷的視線看著假想人格，起身嘆了氣。

「哎，這點狀況瓦特拉會設法處理吧。畢竟那傢伙就是為了這個才特地叫我上船的。」

「唔……難說喔。」

假想人格的表情看來卻不太樂觀。

在她年幼的眼睛凝望下，夜空被爆焰染成了深紅。濃密魔力注滿大氣，那是脫離常軌的強勁魔力波動。或許瓦特拉喚出了眷獸。

隨後，一道閃光燦然飛過，巨大的爆炸撲向遊船。

被火焰籠罩的一部分船體碎裂飛散。有股力量挾著驚人氣勢，重重地撞在深洋之墓二號的甲板上。

察覺到撞在甲板上的物體真面目為何，古城倒抽一口氣。

倒在爆炸中心點的是個身穿白色大衣的金髮青年。渾身是血的瓦特拉躺在甲板上，逐漸被熊熊火焰包覆。

他打算迎戰來襲的逃犯，卻反遭轟飛——？「舊世代」的吸血鬼吃驚了——？

「或許不太妙喔……啾。」

假想人格一邊輕輕敲了自己的頭一邊吐舌。古城對這種亂做作的動作感到煩躁，並牽著她和淺蔥的手衝出船艙。

6

在深洋之墓二號遭逃犯襲擊而著火的前一刻——

絃神島的大棧橋上有兩名少女的身影。

一個是帶著長劍的高個子少女，另一個則是拿著銀槍的護士服少女。她們是追著古城等人跟來的紗矢華和雪菜。

「曉古城在想什麼啊！居然和同班的女生孤男寡女睡同一間房間，而且還是雙……雙人床……那個不知羞恥的色鬼真祖……！」

紗矢華仰望浮在夜晚海上的遊船，氣得陣陣發抖。

從她們所在的棧橋看不見巨大的深洋之墓二號船內。不過，紗矢華讓金屬薄片做成的式神飛過去，一直監視著古城等人的動靜。進修詛咒和暗殺的她對這類探索系咒術也很擅長。

雪菜姑且也會同樣的法術，但精度遠遠不及紗矢華。瓦特拉那艘船布有防範魔法的結界，想窺探船內部，非得由身為舞威媛的紗矢華動手。

「他們並不是孤男寡女……小那也在吧？」

「這麼說來好像也對，但他們兩個感覺還是非常相親相愛耶！現在藍羽淺蔥用木屐揍了曉古城。」

「那樣……算是相親相愛嗎？」

雪菜貌似困惑地嘀咕。

雪菜只靠紗矢華轉述，對於船內的情形不太了解。妄想的內容兀自增長，在雪菜的腦海裡，古城等人已經鬧翻天了。

另一方面，紗矢華依然將心思集中在式神上，更帶著由衷不解的臉色歪頭說：

「藍羽淺蔥明明那麼漂亮，何必在意曉古城那種人嘛。」

「呃，紗矢華……妳好像也不太能說別人……」

獅子王機關的學姊缺乏自覺，雪菜只好婉轉勸告。而她手裡握著的長槍尖端忽然轉向背後的黑暗。

「——順帶一提，硬要湊合藍羽學姊和曉學長的就是你嗎？奧爾迪亞魯公？」

「什麼嘛，原來妳察覺到啦？不愧是獅子王機關的劍巫。」

從無物虛空中傳出了語氣造作的嗓音。金色霧氣乘著風聚集過來，不久就化成穿白大衣的青年身影。是迪米特列．瓦特拉。

監視著遊船的雪菜她們似乎反成了他的觀賞對象。全靠雪菜出類拔萃的靈感，才能察覺吸血鬼化成霧的些微氣息。

「——你打算讓曉學長吸藍羽學姊的血？為什麼要特意向第四真祖獻上供品？」

「我覺得那樣比較有趣。」

面對雪菜的疑問，瓦特拉從容地笑著回答。

「想促使奧蘿菈的眷獸覺醒，讓古城吸取匹配的靈媒血液不是最快途徑嗎？我認為那女孩有足夠的潛力。」

「不惜做到這種程度也要讓第四真祖獲得力量，你懷的是什麼心？」

提問的雪菜表情認真，和瓦特拉互為對比。

瓦特拉屬於第一真祖「遺忘戰王」的血族，對他來說，第四真祖基本上是利害關係對立的存在——也就是敵人。明明如此，瓦特拉卻反覆採取對古城有利的行動，始終讓人感覺有哪裡不對勁。

瓦特拉是追求強敵的戰鬥狂——光用這種理由並不足以解釋。

因為連「戰王領域」的其他貴族和長老，對其行為都有一絲默認的味道，賦予瓦特拉特命全權大使的頭銜正可以視為佐證。

「姬柊雪菜……妳已經發覺自己被選來監視古城的真正理由了嗎？」

彷彿為了迴避雪菜的問題，瓦特拉反問。

「那是什麼意思？」

雪菜不悅地蹙眉，或許她認為自己被戲弄了。

照雪菜聽到的說法，她會被選來監視古城，是因為沒有其他同年齡層的劍巫能夠不令人起疑地接近古城。除此之外，她不覺得有其他理由。

「不……換個問題好了。根本來說，第四真祖是什麼人物？」

瓦特拉愉快地望著雪菜正經八百的反應。

「吸血鬼真祖理應只存在三名，為什麼會有第四名？第四名真祖誕生的理由是什麼──只要古城成為完全的第四真祖，或許就能明白那一點。和那種狀態的古城交手並吞下他，似乎也很有趣。」

終於顯露戰鬥狂本性的瓦特拉笑了。那是他平時不會表露的陰沉笑容。

「奧爾迪亞魯公……你……」

雪菜無意識地重新握緊長槍，眼裡瞪著瓦特拉。之前一直默默聽兩人對話的紗矢華也展現敵意並舉起長劍。

「妳們不用擺那種嚇人的臉，那還是很久以後的事。好不容易找到心愛的強敵，不玩個盡興可不行。」

瓦特拉滿足地望著雪菜等人的反應，然後唐突地背對她們。

「況且今天的主賓並不是古城——」

瓦特拉嘀咕著從全身綻放出兇猛的殺意波動。在他瞪視的埠頭那端，有一道陌生的高大身影。

那是個身負巨劍、全身披戴黑色甲冑的男子。隨意留長的灰色頭髮令人連想到野獸的鬃毛，肌膚顏色是鐵灰色。儘管看不出貌似魔族的特徵，卻也不像普通人類。

「監獄結界的逃犯……！」

雪菜和紗矢華都將武器的鋒刃轉向新人影。

男子穿戴著手甲的左臂上嵌了一道黑灰色手銬。他同樣是希望從監獄結界徹底獲得解放，才來向南宮那月索命的逃犯之一。

男子將手伸向背後的巨劍。不過在他拔劍以前，瓦特拉就施展攻擊了。瓦特拉的眷獸毫無預警地出現在空中，吐出劇毒般的綠色閃光，男子遭到直擊而捲入大規模爆炸。

「奧……奧爾迪亞魯公……？」

雪菜望著崩解的埠頭，說不出話來。「舊世代」吸血鬼毫不留情的一擊，想來並沒有人能硬生生地承受住。完美無缺的突襲，理應連設下防禦結界也來不及。

瓦特拉卻用充滿期待的眼神望著被煙霧籠罩的埠頭遺址。

「這點程度就會死的對手，我不需要。那可用不著我特地對付。」

「——你說的話，我要原原本本地奉還回去，迪米特列・瓦特拉。」

下個瞬間，瀰漫的煙霧遭斬裂，銀色光芒迸發。

甲胄男子蹬地一躍，舉起從背後抽出的巨劍朝瓦特拉的眷獸重劈。全長達數十公尺的濃綠色怪蛇在痛苦咆哮間全身顫抖，閃光四射地炸開了。甲胄男子緊接著砍向失去眷獸而毫無防備的瓦特拉。

「唔！」

挨中從旁掃來的淒厲斬擊，瓦特拉修長的身軀飛了出去。他直接撞上深洋之墓二號，身影埋在撒落的碎片中看不見了。眷獸的殘骸炸開飛散，船上到處冒出爆炸及火舌。

「奧爾迪亞魯公！」

「他斬斷……眷獸了？怎麼可能……！」

雪菜和紗矢華訝異得睜大眼睛。

吸血鬼的眷獸是藉著龐大魔力從異世界具現出來的召喚獸，它們的存在屬於魔力聚合體，以性質而言，只有用更強大的魔力才剋制得了。

但甲胄男子只用巨劍一劈就辦到了。連親眼目睹的雪菜等人也無法輕易相信那一幕。

甲胄男子追著受創的瓦特拉，飛身縱向深洋之墓二號的甲板。

雪菜和紗矢華也連忙追向男子，古城等人就待在起火燃燒的船裡。對方能一擊打倒瓦特拉，感覺目前的古城實在應付不來。況且只靠他一個，絕對保護不了身為普通人的淺蔥以及幼兒化的那月。然而——

「喔喔……搞得很盛大嘛。媽的，我晚了一小步。」

新的人影帶著和現場不搭調的痛快笑容，擋在雪菜她們面前。

是雷鬼頭的矮小男子。也許他的個性正如外表，喜歡華麗行事。他望著起火的遊船發出歡呼。

「你是……！」

雪菜停下腳步，舉槍擺出架勢。她對男子的臉有印象。對方名叫修特拉．D，是來自監獄結界的逃犯。

修特拉．D愉快地回望備戰的雪菜，揚起了嘴唇。

「搞啥啊……在『魔族特區』攻魔師也會當護士嗎？」

「咦？」

「無所謂。護士小妞，妳欠了一筆傷害我自尊的債——！」

我並不是護士——雖然雪菜沒有餘裕解釋，不過對修特拉．D來說，那似乎只是瑣事。

他將右手高舉至頭上，一口氣振臂揮下。

雪菜緊咬嘴唇。是上次那種不可視的斬擊——連可以讓萬般魔力失效的「雪霞狼」也無法徹底防禦的神祕攻擊。面對時機和間距都無法掌握的那種攻擊，這次究竟能不能擋住——

雪菜憑直覺舉槍抵擋。既然不明白敵人攻擊範圍就不可能閃避，除了擋沒有其他選擇。

在修特拉．D的攻擊襲來以前，雪菜面前卻跳出一道人影。

「——你對我的雪菜做什麼啊，捲捲頭！」

紗矢華長髮翻飛，挾著銀色長劍的鋒芒掃過。

她的劍「煌華麟」有一項能力，就是令物理攻擊失效。靠著斬斷空間的聯繫，「煌華麟」砍過的空間頃刻內會化為無敵的防禦障壁。

在紗矢華眼前，修特拉．D那不可視的斬擊彷彿撞上了不可視的屏障而遭到阻擋，隨即消失。

「……挺有意思的嘛，臭傢伙！」

修特拉．D凶惡地扭曲臉孔。他對自己的攻擊具備絕對自信，因此被防禦住就會一下子變得火上心頭。那是他個性麻煩之處。

「雪菜，這傢伙交給我應付。曉古城他們拜託妳了。」

紗矢華和發火的逃犯互瞪彼此。

雪菜貌似不安地朝她的背影望了一瞬，不久後就微微點頭並拔腿奔離。奔向火焰籠罩的船上——

第四章 黑暗侵蝕

Erosion Of Darkness

1

曉深森環顧眼熟的住宿設施，興趣濃厚地咕噥一聲：「哦～」桌上擱著吃一半的冷凍披薩，房間的燈開著，電視也忘記要關。而且應該在房裡的古城，和他帶來的那些少女都不見人影。

從這個狀況推斷，大概是發生了什麼緊急狀況才讓他們急忙衝出房裡。儘管這個兒子是深森帶大的，可是曉古城的人生似乎過得波濤洶湧。

那原本就是料想中的事。在四年前，他的妹妹捲入魔族相關的重大事件時；或者在隨後，他和某個少女相遇時就能想見。

那個有著一頭火焰翻騰般的虹色髮絲，以及焰光之瞳的少女——

「傷腦筋……」

深森從冰箱拿出冰棒含著離開房間。

在寢室，凪沙正發出安穩的鼾聲，簡直像被下了安眠藥或施了催眠咒術的深眠。不過，這部分並不用擔心，能危害她的人應該不多。

古城帶來的兩個少女的底細也讓深森感到在意。

不過在顧慮她們以前，深森得先照料別人。她穿過研究員專用的聯絡道前往研究所。

Magna Ataraxia Research——MAR是全球屈指可數的魔導產業複合體，其銷售的魔導產品包羅萬象，堪稱從感冒藥到軍用戰鬥機都有經手的巨型企業。

設於絃神市內的研究所也是聘了近一千名研究員的巨大設施。

但這是波朧院節慶舉辦的日子，建築物裡人影稀少。研究所內也不是由人類來警備，而是讓魔法迴路組成的機械及式神負責衛戍。這些優秀的設備和人類不一樣，不會敷衍了事，更不會出錯。

另一方面，要是讓優秀的攻魔師或魔女出馬就能輕易騙過它們，倒也是事實。

哪怕是失去「守護者」，而且身負瀕死重傷的魔女也一樣。

「哎呀呀……」

曉深森看著遭到解鎖而半開的醫務室門扉，只好露出苦笑。

醫務室裡沒有患者的身影。

病床上是被硬扯掉的點滴管和電極片，還有撕掉亂放的咒符。地板上則有全新的血跡，一滴一滴散落在地，有如負傷野獸逃走後的景象。

「小優真是的……」

深森難得露出凝重的臉色嘆氣。她從皺巴巴的白衣口袋裡拿出款式過時的手機，然後叫出警備部門的號碼。

單從室內的狀況判斷，逃走的病人還沒有跑多遠，現在立刻追上去應該不用費多少工夫就能帶回來。

「哎呀……？」

可是在電話接通前，遠雷般的不祥聲音響起，研究所燈光閃爍。

那類似小規模地震，但是在屬於人工島的「魔族特區」絕不可能發生那種現象。電話迴路停擺，手機的連線中斷，警備用的式神們也停了動作。支撐著絃神島的公共建設似乎發生障礙了。

「……闇誓書……原來如此，是這麼回事啊，小優……」

深森輕輕用手觸碰床鋪，像是要確認她留下的餘溫。

微微的衝擊再次侵襲人工大地。

2

古城來到船艙外，看見的是起火的頂層甲板，以及扛著巨劍、身穿甲冑的男子。

「瓦特拉……被幹掉了……？」

坐等男子發動襲擊的貴族青年埋在瓦礫中倒地不起。

令人無法相信的光景讓古城說不出話，只呆望著。那個戰鬥狂吸血鬼落敗的可能性，之前他連一丁點都沒有想過。正因如此，古城不知道該怎麼應對。

「那傢伙是什麼來頭？」

「布魯德．丹伯葛萊夫……過去受聘於西歐教會的傭兵啾。」

假想人格回答了古城的問題。在這種情況下還不改胡鬧的語氣，以某種意義來說，或許滿了不起。

「找到妳了……『空隙魔女』。」

甲冑男子察覺到小那的身影，發出生鏽般的低沉嗓音。

古城將小那交給淺蔥，然後站到甲冑男子面前。男子看了他也只是微微瞇起眼而已。假如古城要來礙事，就連他一起斬除──男子眼裡正如此肯定。

「那套鎧甲和奧斯塔赫大叔的有點像耶。你也是殲教師嗎？」

古城試著問得若無其事。總之現在要盡量取得敵人的情報。

洛坦陵奇亞的殲教師──魯道夫．奧斯塔赫穿的裝甲強化服，除了提升肌力的結構外，

還內藏名為「要塞之衣（Alcazaba）」的對魔族特殊裝備。要是有那股力量，或許就能和瓦特拉鬥得不分上下。

被稱作丹伯葛萊夫的甲冑男子卻不感興趣地搖頭說：

「殲教師……教會的退魔者嗎？雖然並非毫無關聯，但你錯了。」

「我想也是。畢竟奧斯塔赫大叔並不會像你這樣，把戰鬥當成樂事。」

古城並不失望地發出嘆息。

這是在淺蔥面前，但他已經有了覺悟。要召喚眷獸。現在想保護她們，古城只能動用吸血鬼的力量。

問題在於對方的能力不明。而且古城胸口的傷，到現在還沒有痊癒。在這種狀態下，究竟能不能正常駕馭眷獸——？

「——『優鉢羅』！」

魔力的波動撼動大氣，巨大眷獸具現成形。

現身的是綻放藍色光芒的蛇之眷獸。不過召喚者並非古城，而是具備「蛇夫」別號的吸血鬼貴族——

「瓦特拉？」

「……抱歉，古城。不要搶走我難得的玩伴好嗎？」

受創的瓦特拉用驚人怪力撥開掉落的瓦礫起身。

他滿身是血，原本純白的大衣已經看不出原貌，不過浪蕩的做作口氣依然健在。

瓦特拉的眷獸發出咆吼，甲冑男子腳邊冒出裂痕。

可以讓空間產生龜裂，將敵人拖入其中——那就是瓦特拉召出的藍蛇能力。即使以「舊世代」的眷獸來說，那仍是超乎常軌的強大力量。

然而，鎧之男朝著蛇之眷獸揮下巨劍，伴隨猛烈閃光的強悍斬擊。光是如此就劈裂了瓦特拉的眷獸，令其隨著哀號一同消滅。

「血肉之軀的人類……斬了眷獸？」

料都沒料到的光景讓古城感到戰慄。同樣身為吸血鬼，他能親身體會瓦特拉的眷獸有多強勁。正因如此，眷獸被斬斃的事實使他備受衝擊。

但瓦特拉本人反而平靜地接納了這個結果，模樣冷靜得彷彿從一開始就知道會如此。

「……那傢伙是屠龍者(Georgios)一族的後裔，西歐教會的黑暗面。只特化了戰鬥能力，屬於異類的受聘辟魔師。而且也是在和龍戰鬥時，讓眾多城市受到波及而滅亡的大罪人。難得一見的強敵，真不錯，太讓我滿意了！」

瓦特拉笑得像是止不住體內高漲的歡喜。

甲冑男子望著瓦特拉，嘴唇不快地扭曲。他也察覺瓦特拉的異常了。

「可悲的吸血鬼。」

瓦特拉召喚出兩匹新眷獸。

綻放金色光芒的大蛇以及漆黑大蛇。它們雖是眷獸，身上仍繼承著濃厚的龍族特性，對上擁有屠龍者屬性的傭兵，必然嚴重吃虧。兩匹眷獸釋放的超高壓水刃無法傷到男子肉體，巨劍一揮，男子反而將眷獸陸續屠滅。

「屠龍者的不死之軀嗎……！」

「正是。我的鎧甲並非為了保護我的肉體而存在，純粹是因為經得住我穿著作戰的，除此之外再無其他服裝。」

甲冑男子悉數承受瓦特拉的攻擊，全身仍毫髮無傷。

沐於龍血的人全身將變成鋼筋鐵骨，獲得任何武器都無法傷及分毫的不死之軀——他又獲得了屠龍英雄能享的特權。

「——『跋難陀』。」

瓦特拉又召喚出新眷獸。那是條全身以凶惡利刃武裝的巨蛇。

「沒用的，瓦特拉。無論你的眷獸有多強大，都敵不過我的殺龍劍（Ascalon）。」

甲冑男子再次扛起巨劍。然而瓦特拉望著身為屠龍者的男子，愉快地笑了起來。

「那倒難講。」

「唔……」

「為什麼成功討伐龍的騎士會被歌頌為英雄，你這屠龍者總不會不懂吧？」

瓦特拉愉悅地瞇起雙眼，綻放出不祥的深紅光芒。笑得猙獰的唇縫露出被己身鮮血濡濕的巨大獠牙。

「屠龍者若真的無人能敵，將龍殺退就稱不上什麼偉業。然而人們會將挑戰龍的戰士歌頌成英雄，就是因為憑他們的力量，要討伐龍仍然極為困難。換句話說，挑戰龍而死的屠龍者還是比較多。」

「你要試試嗎？瓦特拉？」

男子全身鬼氣蕩漾地問。

「當然。」

瓦特拉帶著淒厲笑容施展攻擊。環繞於眷獸周圍出現的，是無數如冰柱的寒槍。彷彿大刀闊斧削出形狀的那些槍，彈丸般射向甲冑男子。屠龍者迴繞巨劍，將那些全部打下——

瓦特拉的攻擊無差別地落下，殃及深洋之墓二號的船體，摧毀範圍越漸擴大。飛散的碎塊也毫不留情地落在距離較遠的古城這邊。

「好險！瓦特拉那傢伙，居然這樣瞎搞……！」

「古……古城，這樣要怎麼辦？」

抱著小那的淺蔥一邊閃避冰雹般落下的碎塊一邊尖叫著問。古城則掩護她們倆，並且望向周圍說：

「總之逃就對了。再繼續留在船裡，我們會先完蛋。」

「你說要逃，可是能逃到哪裡……？」

「——這邊請，古城大人。」

穿銀色晚禮服的嬌小貴族少年朝不熟悉船裡而困惑的古城招了手。古城注意到容貌標致溫文的他，安心地發出嘆息。

「是你啊，吉拉。」

「是的。如果您想下船，請利用後側甲板。」

「得救了。不過這樣好嗎？放著瓦特拉那樣瞎搞？」

古城一邊跟著吉拉一邊問道。

瓦特拉他們再繼續鬥下去，這艘船幾乎肯定會沉。吉拉大概就是知道這一點，才想讓古城等人去避難。

船沉了，吉拉他們當然也會傷腦筋。不過——

「嗯，沒關係，這是家常便飯。再說我的同伴也在幫忙救援。」

苦笑說完的吉拉將視線轉往艦橋。站在那裡的，是個相貌俊美的貴族少年——加坎。他喚出數匹眷獸，留心不讓瓦特拉等人的戰鬥殃及市區。

仔細一看，港口附近好像也安插了幾名吸血鬼。想來瓦特拉並不會介意給旁人添麻煩，所以他們都是自己主動做這些的吧。

「不過，我們會優先維護市區的安全，可能沒有餘力保護各位。因為奧爾迪亞魯公要是認真起來，絃神市就會在短短幾分鐘內消失。」

「我明白。我們會自己設法。」

「感謝您。」

吉拉恭敬地低頭，對古城表示謝意。古城打從心裡對他感到同情。這種性格要當瓦特拉的心腹，一定有操不完的心吧。

「你們也真辛苦耶。」

「哪裡，能多少幫上忙是我們的榮幸。」

吉拉羞赧地微笑。一行人剛好抵達要找的後側甲板，能看到下船用的舷梯了。

「謝謝你。有機會再見面吧。」

古城向帶路的吉拉答謝並伸出右手，吉拉紅著臉回握他的手。吉拉的手細嫩得出乎意料，讓古城有些驚訝。和吉拉握完手以後，古城困惑地望著自己的手。

淺蔥則用狐疑的眼光望著他那模樣。

「古城……你真的沒有那方面的癖好？」

「咦？妳在講什麼？」

古城無法理解自己遭受了哪種懷疑，露出納悶的表情。

在船上，瓦特拉和逃犯的戰鬥仍持續著。雷鳴般的爆炸聲響起好幾次，每次都讓巨大船體劇烈搖晃。在熊熊火焰反照下，夜空染得通紅。

盡快下船大概比較好——古城這麼心想，抱著小那直接衝下舷梯。在埠頭等著古城他們的，是手持銀槍的護士服少女。

「學長，你沒事吧？」

「咦？姬柊——！」

古城沒有想到雪菜會等在那裡，頓時變得心急。

以保護小那的戰力層面來想，能和雪菜會合是很慶幸。問題是淺蔥在這裡。要隱瞞雪菜在獅子王機關擔任劍巫的真相，還要合理解釋她帶著長槍到處走的理由，感覺幾乎不可能。

可是，淺蔥的疑心卻不是針對雪菜手上那把長槍。

「……妳怎麼會穿護士服？」

淺蔥看了雪菜那套和場合不搭調的服裝，狐疑地蹙起眉頭。對她來說，雪菜那諂媚的白衣裝扮似乎比長槍更具威脅性。

雪菜面對意外的問題，也顯得有些慌亂。

「唔，這個……是深森小姐準備給我的……」

「妳說的深森小姐，是古城他媽媽嗎？」

淺蔥臉上表露的警戒心越來越深，眼睛直瞪著古城。你什麼時候將雪菜介紹給媽媽認識了？她的眼神正如此質問古城。

古城莫名內疚地別開視線，接著表情就僵住了。

受瓦特拉戰鬥波及而毀壞的吊車，和飛落的殘骸一同朝古城這邊倒了過來。那是全高近十五公尺的卸貨用巨型吊車。

「——糟糕，妳們快趴下！」

古城護著淺蔥等人，將她們撲倒在地上。雪菜那把能讓魔力失效的槍也阻擋不了倒下的吊車。然而要逃離吊車倒下的範圍，時間並不夠。

只能召喚眷獸將吊車轟開了——可是，到底來不來得及？

古城抱著絕望的想法咬緊嘴唇。在他眼前，倒下的吊車從旁遭受炮擊而改變軌道，鋼架隨之斷裂碎散。那不是人類攜行的武器會有的威力，強大程度相當於戰車炮彈直接命中。

「咦！」

吊車粉碎後的碎片，四散掉落在古城等人頭上。

挺身擋下那些的，是突然衝到他們眼前的一團金屬聚合體。

全身為紅色裝甲所覆的陌生載具。

整體輪廓類似陸龜。粗短的四條腿前端是光滑球體，靠著讓那些球體旋轉，本體就能朝三百六十度自由移動。該是頭部的位置則裝備著大口徑的榴彈砲。

對付魔族的試造兵器，用於市區戰的超小型有腳戰車。

「哈哈哈，誠乃驚險是也，女帝大人。」

這時傳來一陣用詞奇特，令人聯想到時代劇武士的說話聲。

戰車的甲殼部分開啟，從中露臉的是個年紀估計在十二歲左右的女孩子。

那是有著一頭燃燒般紅髮的外國少女。她身上穿著貼身無比的駕駛服，縫在胸前的識別章則用平假名拼出了「蒂諦葉」這個名字。

淺蔥一臉恍惚地仰望著她，看到一半才回神說：

「這種說話方式……妳該不會是『戰車手』？」

「然也。在現實世界可是初次相會呢，女帝大人。」

紅髮少女在駕駛艙中深深行禮。「戰車手」和淺蔥一樣，屬於人工島管理公社雇用的自由程式設計師。那是擅長擊退入侵駭客的攔截者代號。據說沒人見過「戰車手」的真面目——不過對方是比淺蔥年紀更小的少女，著實叫人吃驚。

「在下乃是麗迪安．蒂諦葉，受了摩怪大人之託前來相助。哎，這套和服真美，不愧是女帝大人。」

「呃，與其稱為和服，其實這只是浴衣而已……」

也許是覺得要深究太累了，淺蔥一臉不平地嘀咕。古城望著她的臉，感觸深刻地嘆道：

「……妳的朋友當中，個性鮮明的人也滿多耶。」

「欸，我和她又不算朋友，而且我才不想被你這樣講。」

淺蔥鬧脾氣似的低聲回嘴。

「話說妳怎麼也來了？公社要找人打工，妳一個人就夠了吧？」

「很遺憾，事態已經不能這麼說是也。」

自稱麗迪安的少女臉色格外凝重地搖了頭。淺蔥又一臉嚴肅地問：

「難道說，魔力消失現象的災情擴大了？」

「然也。十年前，似乎也曾觀測到相同的現象吶。」

「十年前……？」

聽到麗迪安的話，古城敏銳地起了反應。十年前遭封印的魔導罪犯逃獄當晚，又發生了和十年前相同的事件——要當成巧合也太巧了。

「該不會和那個叫仙都木阿夜的魔女有關吧？」

「原來你也知道啊，男友大人？那被稱為闇誓書事件。」

麗迪安有些佩服地回答古城。我不是淺蔥的男友——古城也覺得該糾正才對，但現在不容許多浪費時間。

「妳去吧，淺蔥。」

「古城？」

淺蔥發覺古城的表情認真無比，有些困惑地眨了眨眼。

「小那讓我來照顧。這座島就拜託妳了。」

「……好，我明白了。」

淺蔥靜靜點頭，然後將抱在懷裡的小那交給古城。儘管他們曾擔心假想人格會不會又冒出不識相的舉動，還好她現在也挺安分。

如果麗迪安的情報屬實，絃神島再過不久就要面臨瓦解的危機。為了克服這一關，有一群人需要淺蔥的力量。

「相對的，你要和我約好。等風波過去，就算一下下也好，要陪我繼續逛祭典喔。」

麗迪安的小型戰車伸出機械手臂，將淺蔥捧在掌中。

被戰車捧著的淺蔥朝古城喊道。擠出一絲勇氣的她臉紅了。古城仰望著這樣的她，用力地點頭說：

「嗯，我們就痛痛快快地去玩吧。和大家一起去。」

聽到笑得毫無牽掛的古城回答，淺蔥臉色僵硬。

「——笨蛋！」

她叫罵著氣呼呼地被戰車載走了。古城不了解自己為什麼會挨罵，呆站在原地。

雪菜垂下目光，同情淺蔥般微微嘆了氣。

爆炸聲在他們背後接連不斷地響起。

和那些逃犯的戰鬥仍要繼續，這一仗尚未結束——

3

兩名男子在陷入火海的船上對峙。

一名是配戴黑色甲冑的逃犯，另一名是穿著白色大衣的吸血鬼貴族。

他們都滿身是血，彼此的表情卻互為對比。逃犯的臉痛苦得扭曲，吸血鬼則帶著狂喜的笑意繼續死鬥。

「怎麼啦，屠龍者一族的後裔？你自豪的不死之軀變得遍體鱗傷了嘛？」

瓦特拉用逗弄般的口氣問道。浮在他背後的是一匹熾焰繞身的雙頭龍，滿布全身的鱗片都散發著灰亮光澤。那是將炎蛇及鋼蛇——兩匹眷獸融合造出的合成眷獸。

「怎麼可能……為什麼……」

甲冑男子舉著劍，上氣不接下氣。

雖說眷獸的力量透過融合得到了飛躍性增長，具備龍屬性這一點仍然不變。屠龍者沒道理斃不了敵人。

然而，他的攻擊卻對瓦特拉的眷獸不管用。環繞於眷獸身上的火焰擋住了屠龍者的劍；環繞於眷獸身邊的鋼刃則貫穿了屠龍者的不死之軀。瓦特拉那匹眷獸的戰鬥力凌駕於男子擁有的力量——

「弒龍的英雄幾乎都會走向悲慘末路。有的遭陷中了暗箭；有的被為政者逮捕斬首；有的受了敵人詛咒而倒下；有的則被心愛的妻子背叛下毒——你知道理由是什麼嗎？」

瓦特拉使出融合掌控眷獸的異能祕技，並且淡然問道。甲冑男子不回答。他沒有餘力回答問題。

「因為那些英雄獲得超越人類的力量，就失去了身為人類的珍貴能力。人類畏懼比自己強大的敵人才會動用狡智欺敵、騙敵、叛敵、陷敵於死地——他們失去的就是那份智慧。」

「舊世代」吸血鬼的話語令甲冑男子深受動搖。

他想起自己獲得不死之軀才忘掉的一項定律。屠龍者能將龍斬斃，龍同樣也能要了屠龍者的命——他忘了如此單純的定律。他忘了狩獵獵物之人必定要有反遭獵物狩獵的覺悟。

「過度相信自身能力，又錯估敵人的力量，有勇無謀地硬碰硬。在你沉溺於自己的力量時，你就失去屠龍者的資格了。」

瓦特拉命令眷獸射出的鋼槍，將男子的黑色甲冑連同身軀一起貫穿了。

男子咳血跪下。他豁盡最後力氣使出的砍劈，被龍身上環繞的火焰擋住了。

「能玩得盡興，我要表示謝意。好了，回到你該回去的地方吧。」

瓦特拉望著男子癱倒的模樣冷冷說道。男子打算拄著巨劍站起，已經超出負荷的劍卻像玻璃般脆裂碎散。

男子的手銬發光，釋放出鎖鏈。監獄結界啟動逃獄防止機制，正要把他拖回牢籠。

「這樣嗎？瓦特拉……你尋求敵人的理由……是為了將來要迎戰更強的敵人……」

全身被鎖鏈綑縛的男子低吟。那就是他的最後一句話。逃獄的屠龍者被拖入無物虛空，身影就此消失。

瓦特拉守候著這一幕到最後，才將融合眷獸的召喚解除。

受他們的戰鬥波及，港口到處起火燃燒，不過損害的規模比想像要小。深洋之墓二號的火勢也慢慢獲得控制了。

「……特畢亞斯，船損害的狀況如何？」

瓦特拉召來守候在旁的吸血鬼問道。特畢亞斯．加坎就像一名能幹的祕書，立刻回答：

「甲板和居住區有部分毀損，但不影響航行。」

「那太好了。幸好有你們在，特畢亞斯。」

瓦特拉笑著慰勞部下。哪裡——加坎有些自豪地搖頭說：

「重要的是，有另一名逃犯與獅子王機關的舞威媛正在交戰，您意下如何？」

「對呢，難得的獵物就這樣讓給她也滿可惜……」

瓦特拉自言自語般嘀咕，然後舔了舔乾澀的唇。充滿鮮明戰意的表情和他平時的浪蕩形象相去甚遠。

「不過還是算了……有股我不中意的氣息。」

「……瓦特拉大人？」

領主令人意外的決策讓加坎露出納悶臉色。瓦特拉那貌似愉快的視線，是朝著絃神島的住宅區。

「讓船開航，遠離這座島似乎比較好。」

「遵命，我立刻去辦。可是，就這樣擱下第四真祖好嗎？」

加坎瞥了下船的古城等人一眼，口氣有些冷漠。

瓦特拉撥起染血的劉海，悠然微笑說：

「無妨。剩下的就交給古城了……說不定要這樣才能看到格外有趣的畫面。」

4

宛如巨大龍捲的不可視風刃颯然掃落。

正面將它擋住的，是修長少女手裡使著的銀色長劍。

藉咒力催發的擬似空間斷層能隔絕所有物理性衝擊。修特拉・D引以為豪的隱形斬擊，悉數被紗矢華的劍劈落。

雷鬼頭的青年對此感到激憤，又進一步發動更猛烈的攻勢。

「那把劍搞什麼鬼？斬斷空間的把戲嗎？挺有意思嘛，臭傢伙！」

「你叫誰傢伙？捲捲頭！」

和高水準戰鬥恰好相反，兩人對話的內容頗低能。紗矢華本來就討厭男人，修特拉・D那種幼稚又暴力的言行讓人聯想到小學生，對她來說只是嫌惡的對象罷了。

「所以我才討厭男人，又臭、又野蠻、又粗魯、又沒神經，而且臭死了！」

「我才不臭——！」

修特拉・D粗暴地猛揮手臂。儘管看起來只像胡亂揮著手，但是他的所有動作都會化為撕裂大氣的巨刃。

攻擊範圍廣達十幾公尺，威力更能粉碎混凝土。縱使是紗矢華也無法輕易打倒這種對手。和外表所見不同，他是個可怕的強敵。

「難道……你是過度適應能力者？」

修特拉・D的攻擊並不屬於紗矢華所知的任何攻擊魔法體系，他看起來也不像具備異能的魔族。話說回來，他似乎也沒使用「煌華麟」這類特殊的武器。

其他能想到的可能性就只有過度適應能力者——不仰賴魔法的天生超能力者這種狀況了。然而——

「啥？少把我和那種冒牌貨扯在一起，蠢蛋。」

修特拉・D咒罵著否認。紗矢華對他的反應略感困惑。冒牌貨，這話是什麼意思——？

「響鳴吧！」

紗矢華一邊抵擋看不見的斬擊一邊撒下金屬製的咒符。數道咒符在剎那間綻放光輝，化為猛禽的姿態，從四面八方朝修特拉・D破風攻去。

紗矢華是詛咒和暗殺的專家。相較於正面對決，奇襲才是她原本的長項。修特拉・D剛發動攻擊，理應躲不掉眾多式神的襲擊。可是——

「混帳！玩這種煩人的把戲——！」

修特拉．D的背後突然冒出了新的手臂。那並非肉身，而是以念動力造出的幻臂。可是從那些幻臂同樣放出了看不見的斬擊，將來襲的式神個別擊落。

「那股力量，難道是……天部？」

紗矢華看見修特拉．D化為六臂，總算才識破他的真面目。

天部——應該已經絕滅的亞神後裔。據說他們在史前構築了高度文明，屬於古代超人類的倖存者。天部留下的相關遺跡和傳奇雖然多，紗矢華倒也是第一次碰上真貨。

「答對啦，蠢蛋！」

面對修特拉．D運用六臂的猛攻，紗矢華落得一味防守。

可是，那也揭露了他攻擊的真面目。藉著天部能力催發的念動衝擊波——那就是不可視斬擊的玄機。既然他能操控如此驚人的念動力，會將過度適應能力者講成「冒牌貨」也是可以理解的事。雪菜那把長槍無法讓看不見的斬擊徹底失效，大概也是因為他的攻擊和魔力屬於不同類別的異能。

另一方面，這個腦袋看來不靈光的男人就是古代超人類的事實，讓紗矢華有股難以言喻的失落。坦白講，太令人寒心了。

修特拉．Ｄ不明白她的失望，還豪邁地張口大笑說：

「懂了就快點去死吧，女巨人！我最討厭比我高的女人！」

「我才沒有特別高！是你自己太矮吧！」

紗矢華氣得回嘴。她的身高確實比修特拉．Ｄ高出不少，不過那只是因為修特拉長得嬌小，並非紗矢華太高的關係。

然而，修特拉．Ｄ卻自顧自的沮喪得肩膀發抖。

「妳……妳這女巨人……竟敢批評別人最在意的事！我受傷了……超受傷的！妳這座人類山脈！」

「我是有多高大啊！」

受了別人不經意的批評，紗矢華同樣感到受傷，可是修特拉．Ｄ仍不顧一切地令攻勢加劇。雖然用「煌華麟」勉強能防禦，但也已經瀕臨極限了。獅子王機關舞威媛的武裝效能，原本並未考慮到近距離肉搏。

然而就算想反擊，咒符也都用完了，更沒有空閒發動大規模的攻擊咒術。如果是雪菜那樣的劍巫，還可以衝進對手懷裡施予痛毆，不過紗矢華沒有那種近身格鬥技術。

「要是能用魔彈……像這種傢伙……！」

紗矢華想起藏在裙子下的飛鏢，不甘心地咬牙切齒。身為暗殺者，她的王牌並不是劍。

「煌華麟」原本的姿態是一把弓。

只要使用蓄有強大咒力的嚆矢，肯定能突破修特拉．D的念動力防禦。可是，在這種距離下無法用魔彈。如果將「煌華麟」變形成弓，就無法靠空間斷層防禦，更重要的是修特拉．D不會留時間讓她搭箭上弦。

「變成肉醬吧！砍爛她，轟嵐碎斧——！」

火冒三丈的修特拉．D同時將六臂舉過頭頂，然後一口氣揮下。前所未有的巨大暴風掀湧而起，並從上空撲向紗矢華。

「唔……！」

紗矢華舉著劍，痛苦地喘息。

她抵擋了來自正面的攻擊，可是那不可能讓周圍湧上的爆炸性衝擊徹底失效。「煌華麟」的空間斷層是極致的物理性防禦，卻具有只能抵擋單一方向攻擊的弱點。

紗矢華遭到爆壓擺布，修長身軀重重摔落地面，並且狠狠彈起。儘管沒受到致命傷，但也無法立刻起身，光要撐起上半身就相當吃力。

「活該，混帳傢伙！」

修特拉．D喘得肩膀劇烈起伏，還笑著咒罵。看來由於他毫不停歇地猛攻，難免也會疲倦。但他應該還有餘裕再發動幾次攻勢。要對付目前不能動的紗矢華，修特拉．D穩操勝算。他應該也已經察覺，伴隨暴風的攻擊能打破「煌華麟」的防禦。

「暴風……風……」

紗矢華的唇虛弱地顫動著。為了再度施展攻擊，修特拉．D舉起手臂。不可視的風刃撼響大氣，狂風渦捲其周身。

目睹那景象的瞬間，紗矢華無意識地吟誦禱詞。

「──狻猊之舞伶暨高神真射姬於此誦求。」

她從戴在大腿上的箭套抽出飛鏢。由於在監獄結界已經用掉大量魔彈，那是最後的一支飛鏢。原本應該拉長成箭矢型態用才對，不過現在這樣就夠了。

「極光的炎駒、煌華的麒麟，汝統天樂及轟雷，乃披憤焰貫射妖靈冥鬼之器──！」

修特拉．D揮下手臂，看不見的斬擊急撲而來，同時紗矢華也射出飛鏢。她將飛鏢擲向不可視風刃在風壓環繞下的攻擊軌道。

紗矢華的魔彈並非直接攻擊敵人的武器，而是用來發動魔法的觸媒。嗃矢散發的鳴聲將化為咒語，催發出人類魔法師無法誦唱的強大攻擊魔法。

將「煌華麟」變形成弓，是為了取得讓嗃矢轟鳴所需的風壓。

不過現在──

要風的話，那裡就有──

「什麼！」

修特拉．D看見巨大的魔法陣展開在自己眼前，訝異得瞠目。

他早就認得那項術式。會發出熾熱雷光，無差別地摧毀周圍的凶惡炮擊咒術。那是舞威媛用來讓監獄結界陷入火海的祕咒，因此他一瞬間就懂了。才剛施展攻擊的自己毫無防備，沒辦法抵擋那一擊。

「可惡──────！」

修特拉．D的怒號被魔彈催發的大規模爆炸掩沒了。

咒術炮擊的閃光燒向他的身軀，天部的後裔在火焰包覆下墜入海裡。

5

魔法陣催發的火焰餘波也有逆流到身為施術者的紗矢華這裡。她用「煌華麟」的空間斷層設法抵擋。要是失敗就會和那個男的同歸於盡，因此她也拚了命。

「痛痛痛痛痛……」

儘管全身是傷，紗矢華仍無力地起身。

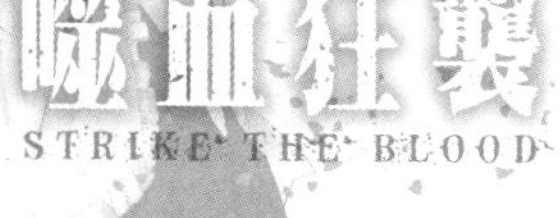

但眼前馬上一片昏花，讓她緩緩仰身倒下——不保護身體就會相當危險的跌倒方式。即使心裡明白，身體也無法採取行動。紗矢華閉上眼睛，準備承受衝擊。

不過……

她擔憂的疼痛並沒有出現。

她受重力牽引的身軀在途中被別人摟住了。

「——妳沒事吧，煌坂？」

靠滑壘驚險趕上的古城從背後一把扶穩紗矢華。或許他趕來得十分倉促，呼吸急促得不得了。他帶著擔心的表情貼近探視紗矢華的臉。

「曉……曉古城……？」

「抱歉，煌坂。結果都是交給妳應付。」

古城說著莫名自責地咬住嘴唇。看來他是介意自己沒能支援紗矢華和修特拉・D之間的戰鬥。基本上對紗矢華來說，讓古城這種外行人闖進來也只是徒增困擾，全部交給她反倒是正確的。

「那……那些都無所謂啦……為什麼是你來扶我？雪菜在哪裡？」

「反正妳安分點啦。不是都受傷了嗎？」

古城無視於紗矢華軟綿綿的抵抗，兀自抱著她起身。那姿勢就是所謂的公主抱。

由於修特拉．D大鬧的關係，港口周圍的地面滿目瘡痍，古城要走路也很困難。

紗矢華不得已只好伸手繞到他的肩膀，以免自己摔下去。

「誰……誰叫我又不適合讓別人抱……長得這麼大塊頭。」

反正我就是高大嘛——紗矢華嘴裡嘀嘀咕咕地抱怨。修特拉．D的口不擇言讓她變得頗為自虐。她憧憬像雪菜那樣嬌小可愛的生物，以女生而言顯得略高的個子讓她深感自卑。

古城聽見她嘀咕的內容，卻莫名尷尬地紅著臉說：

「妳確實是滿大的，不過我並沒有故意讓妳頂著啦——畢竟是用這種姿勢抱妳，也沒辦法吧。」

「咦？你說頂什麼……？」

什麼意思啊——疑惑的紗矢華歪著頭，然後才回過神來。因為被古城捧在懷裡的關係，紗矢華的胸脯正好頂在他身上。

「曉……曉古城——！」

「我都說自己不是故意的吧！」

受不了你——紗矢華深深嘆息。接著她想起來，自己之前也和古城有過類似的對話。沒錯，這個男的從最初見面時就是這樣，既好色又沒神經，一點都不貼心。不過，他會將身為舞威媛的紗矢華當成普通女生對待。

「……有汗味。」

近距離仰望古城的紗矢華說。也許古城是為了救紗矢華一路跑來，肌膚微微流了汗。被人挑毛病的古城有些鬧脾氣地歪著嘴說：

「被捲進這麼大的風波，多少會流汗吧？嫌臭妳就離遠一點。」

「……我並沒有嫌啊。」

紗矢華坦然說完，又微微貼近古城的脖根。沒錯，她討厭又野蠻、又粗魯、又沒神經的臭男人，但是這種味道她並不討厭。

「煌坂？」

紗矢華那種令人費解的行為讓古城有些疑惑。這時從紗矢華視線的死角，也就是古城背後，傳來了一陣小小的咳嗽聲。

紗矢華目光緩緩掃了一圈，發現有個穿護士服的少女身影。

那個少女正擺出五味雜陳的表情，盯著和古城親密貼在一起的紗矢華。

「雪……雪菜？妳從什麼時候……」

失去血色的紗矢華臉色發青，並且尖聲問道。

雪菜有些傷腦筋地垂下目光說：

「我從妳差點倒下的時候就在了……對不起，都是我害的。」

「不……不要緊啦！雖然有點累，這又不是什麼嚴重的傷！再說靠妳的武器，又不能隨便靠近那傢伙發動的攻擊……！」

紗矢華面紅耳赤地說了。她不明白自己為什麼會如此愧疚。剛才只是稍微鬆懈了——紗矢華這麼告訴自己。她才沒有打從心裡接受曉古城，因此也沒有任何對不起雪菜的部分。

「差……差不多該放我下來了啦！我已經可以自己走了！」

「是喔？」

古城輕輕讓紗矢華著地。紗矢華逃也似的和他拉開距離，同時也偷偷地感覺不捨。

接著，紗矢華注意到雪菜帶來的少女。那是個眼熟得讓人說不上來的年幼少女，左右各綁成一束的長黑髮讓人印象深刻。

「『空隙魔女』……真的變小了耶。實際看到人以後……要怎麼說呢……」

「比想像的更可愛呢。」

雪菜接著幫紗矢華說出感想。對方原本就是帶著人偶般姿色的女性，現在體型變小了，根本和人偶一個模樣。

「哎，外表是可愛啦。」

古城也對紗矢華她們的話表示贊同。不管怎樣，實際看到人以後，實在不能不相信這個女童就是南宮那月本人，外表和氣質的共通點太多了。

「總之我們保護到她了嘛。接下來要怎麼辦？」

紗矢華一邊檢視自己的傷勢一邊發問。

他們擊退來襲的逃犯，但事情根本沒有解決。那月依然是小孩模樣，仙都木優麻身負重傷。而且連逃獄的主謀仙都木阿夜在內，還有幾個逃犯沒逮到。

「我會帶她到ＭＡＲ。多虧瓦特拉和煌坂，要找那月麻煩的逃犯好像收拾得差不多了。就算她這副模樣，只要恢復記憶，說不定就救得了優麻。」

古城低頭看著變成小孩的那月並如此回答，紗矢華也沒什麼意見。考慮到警備的周全度，帶著那月到ＭＡＲ應該是妥當的判斷。

不過，反對古城這項判斷的聲音卻從意外的方向傳來了。

「你們要救那個用完即丟的人偶……嗎？沒必要費那種……心思。」

充滿狠毒惡意的那陣說話聲讓古城等人猛然回頭。

「——仙都木阿夜！」

「妳也是追著那月美眉來的嗎？」

雪菜和古城護著小那擺出架勢。

紗矢華不甘心地咂嘴。已經將咒符和箭矢用完的她，並沒有對魔女有效的攻擊手段。

仙都木阿夜卻慵懶地看著古城等人的反應並安撫：

「別那麼激動，第四真祖。我來並不是為了殺『空隙魔女』。」

她瞇著火眼笑了。

「我反而要感謝她。多虧有這個女人幫忙吸引逃犯的注意力，盛宴準備完成了。雖說她曾一度背叛，仍不愧為我的盟友。」

「——等一下，妳這傢伙。」

打斷仙都木阿夜的是粗魯具攻擊性的沙啞聲音。

被海水泡得濕透的雷鬼頭青年看似剛從碼頭爬上來，正狠狠地瞪著阿夜。那是應該已經被紗矢華打倒的修特拉．D。那身傷勢本來是嚴重得動不了才對，但他用念動力撐起了慘兮兮的身軀。

修特拉憎恨的視線並非對著紗矢華等人，而是指向仙都木阿夜。他總算也發現自己被阿夜耍了。

「妳說……吸引逃犯的注意力，那是什麼意思？原來妳一直在騙我們？」

「會將魔女的話照單全收，你可真是愚蠢得難以估量。」

修特拉．D氣得表情扭曲，而阿夜鄙視地望著他笑了。

讓逃犯追殺那月，再由古城對付他們。結果，仙都木阿夜就可以不受任何妨礙地自由行動。瓦特拉和特區警備隊也都沒有追捕仙都木阿夜。

逃犯們一直受她利用。被當成誘餌的其實不是那月，而是他們這群逃犯。

「搞屁啊，妳這混帳——！」

修特拉．D憤然大吼並舉起右臂。然而，應隨著暴風冒出的不可視風刃並沒有出現。何止攻擊失靈，連他受傷的軀體也彷彿失去支撐，當場摔倒了。想再次站起來的他只能伸手在地上徒然亂抓。

「這怎麼……回事？我的力量……可……惡……」

修特拉．D虛弱地呻吟。然而遭受異變侵襲的不只他。

「煌華麟……？」

手握的劍尖落地讓紗矢華發出困惑之語。用最先進魔導技術打造出的長劍，在失去光輝後忽然變重了。即使灌輸咒力進去，也沒有任何反應。煌華麟做為武神具的功能停擺了。

「……魔力消失了？怎麼可能！」

古城和雪菜察覺紗矢華心生動搖，因而望向彼此的臉。他們知道魔力消失現象正在侵襲絃神島，更發現港灣地區這裡終於也受了影響。

不過，異變發生會與仙都木阿夜來襲的時間一致，恐怕並非偶然。應該是阿夜本人引發了現場的異變，這麼想比較能讓人信服。

「——『影』。」

而阿夜讓自己的「守護者」具現化了。身穿漆黑鎧甲的無臉騎士——

被取名為「影」的那名騎士毫不留情地用劍捅向無力動彈的修特拉・D。第二劍、第三劍——接著又在渾身是血的他身上踐踏。

「敢這樣對我……媽的，妳給我記住。」

修特拉・D的嘴唇在發抖，撂下的台詞已不成聲。

黑騎士將劍鋒指向失去意識的他背後。

「住手！仙都木阿夜，妳又想……！」

如此大吼的是古城。修特拉・D被踐踏的身影，在他眼裡和受傷倒地的優麻重疊了。

「學長！」

看到古城全身被雷光籠罩，雪菜發出驚呼。古城那雙染成深紅的眼睛瞪向了火眼魔女。古城向前伸出的右手，冒出了閃耀著黃金光芒的野獸。

「迅即到來，『獅子之黃金』——！」

匹敵雷雲熱量的大團濃密魔力，化為巨獸現身了。

那是來自異界的召喚獸——第四真祖的眷獸。宛如天災具現後的破壞性化身，迅如急雷地朝愣站著的魔女發動突擊。即使看到眷獸，仙都木阿夜仍不改表情。

「了不起……原來你還留有那種餘力。」

仙都木阿夜佩服似的嘀咕，然後在虛空劃出文字。雷光巨獅伸爪掃向燦然發光的那道文字，瞬時間——

「不過，那也要告終了。」

「——啥！」

古城喚出的眷獸毫無前兆地溶入虛空然後消滅了。

感覺不到衝擊和怪聲，連一絲微風也不留。雷光巨獅消失蹤影，彷彿從最初就不存在。

不對，消失的並非眷獸而已。魔力的波動也從古城的身體消失了。

失去了世界最強吸血鬼之力，剩下的只是普通高中生的肉體。

「學長的力量被……怎麼會……」

雪菜感受到龐大魔力消失，茫然地搖頭。

仙都木阿夜只是優雅地微笑著說：

「這就是闇誓書，第四真祖。這座絃神島已經化為我的世界。在這裡除了我以外，所有異能都將失去力量，哪怕是真祖也一樣。」

在她說完以前，一道微微的衝擊迅速襲來，讓古城的身軀顫抖。

無臉騎士的巨劍捅進了古城的胸口。

古城嘔出鮮血，劇痛令他發不出聲音。對於不老不死之力遭剝奪的他來說，現在這一擊肯定會成為致命傷。

「曉古城——！」

紗矢華摟住雙腿癱軟跪地的古城大喊。

她那毫無防備的模樣，平時根本無法想像。而黑騎士就朝她的背後舉劍一揮。尖叫聲響徹夜晚的港口。

「啊啊啊啊啊啊啊啊啊啊啊——！」

叫聲來自雪菜。她靠著用咒術強化的肌力使纖弱身軀疾奔，銀槍綻放出耀眼的破魔光芒，將黑騎士的劍彈飛。

「雪菜！」

紗矢華抬頭看著雪菜和魔女的「守護者」戰得不相上下，眼裡露出困惑之色。連真祖之力都會在魔女的世界中失效，唯獨雪菜沒有喪失咒力。

「果不其然。獅子王機關的劍巫，妳拒絕受我的世界支配嗎？」

仙都木阿夜露出微笑，口氣好似早就知道會如此。透過空間轉移，阿夜和她的「守護者」移動了位置，跟丟了敵人的雪菜長槍因而揮空。

敵人再度出現，是在雪菜的背後。只有小那一個人呆站在那裡。

「這才夠格在我的實驗中當客人。特地來接妳算值得了。」

「——小那！」

年幼的那月被擄為人質，雪菜無法攻擊阿夜。

看準那一瞬的破綻，阿夜召喚出囚籠。那是有著鳥籠外型，用於禁錮猛獸的牢固囚籠。直徑有四、五公尺的這座囚籠化作實體，將雪菜困在其中。

直徑近十公分的鐵柵並沒有施加魔法強化，因此用雪菜那把能讓魔力失效的長槍也無法將其破壞。困於鳥籠中的雪菜緊咬嘴唇，無計可施地瞪著阿夜。雪菜的身影連同鳥籠一起消失了。空間移轉的魔法將她送到了某個地方，阿夜、黑騎士，還有小那也不見了。

「難道，那傢伙要找的不是那月美眉……而是姬柊嗎……為什麼……？」

滿身是血的古城痛苦地呻吟。他總算明白仙都木阿夜的目標不是那月，她是為了帶走雪菜才現身的。這麼一想，之前在監獄結界接觸時，阿夜在談吐中就曾表露她對雪菜的境遇似乎知道些什麼。

即使明白這些，古城也已經無能為力。

「曉古城！振作一點，你是不老不死的吸血鬼吧！你醒醒啊！」

紗矢華用力抱緊倒下的古城，邊哭邊大叫。古城仰望她那張哭花的臉，嘀咕了一句「抱歉」，隨後就失去了意識。

第五章 觀測者之宴

Fiesta For The Observers

1

島嶼軋然作響。鋼鐵磨擦的刺耳聲音宛如遠方雷鳴般不停響起，大地在不規則的震動下一波一波顫動。

絃神島是浮在太平洋上的人工島，總人口約五十六萬。人口密度極高，無數大樓及深達好幾層的地下街遍布島嶼各處。支撐著這些的，是金屬打造的超大型浮體構造物——

如果要比喻，就像一個游泳圈載著沙堡浮在大海上——它是這般構造奇詭的城市。

魔法撐起了這座明顯不穩固的島嶼。大樓建材附有減輕重量的魔法，支撐那些建築的地基也施了好幾道強化魔法，所用的鋼鐵、水泥、塑料更全是魔法建材，即使說在絃神島上沒有不受魔法影響的建築物也不為過。

要是那些魔法同時消失，結果會如何——

均衡從達到強度極限的部分慢慢瓦解，名為「魔族特區」的這座城市開始緩緩崩壞了。

耳邊不停傳來「啪啪啪」的粗暴聲響。臉頰熱呼呼的。由於這陣感覺，從渾濁意識中醒來的古城這才明白有人一直賞自己耳光。

「很痛耶……」

打算抗議的古城起身到一半，從腹部傳來的劇痛讓他倒抽口氣。

痛痛痛痛痛，非比尋常的痛，像是被巨劍從右胸貫穿到下腹部左側的劇痛。接著古城終於回想起來，那大致和事實吻合。

他被仙都木阿夜的「守護者」用劍狠狠地捅了。

「——曉古城！你醒了嗎！」

發現古城痛得死去活來的紗矢華大叫。

跨到仰臥的古城身上，還一直朝他的臉甩巴掌的就是紗矢華。但是古城也無法抱怨，因為她淚濕的眼裡正撲簌簌地滴落大顆的淚珠。

「煌……坂……這裡是……？」

古城用感覺不像自己嗓音的沙啞聲音問了。那宛如命在旦夕的老人嗓音。半邊肺臟似乎已經廢了，連呼吸都吃力。

「這裡是客運碼頭的醫務室。我想這裡應該會有人在，才把你搬來這裡，可是……」

「……哎，眼前有吸血鬼的眷獸大鬧，一般來說都會逃走嘛。」

古城虛弱地苦笑。搭船處和瓦特拉那艘船停泊的大棧橋距離不到幾步路，所有職員怕被捲入戰鬥，應該早就避難完畢了。

「剛才的戰鬥也造成道路阻斷了，我們離不開港灣地區，又沒辦法叫救護車……要是至少能用咒術……」

紗矢華嗚咽說著，無助表情看來實在不像職業攻魔師。身為雪菜的學姊，她總是擺出精明幹練的一面，其實心靈意外脆弱而經不住打擊。以本質來說，個性大概相當溫柔。

「給妳添麻煩了……抱歉……」

「就是嘛！」

紗矢華揉著淚汪汪的眼角，對古城怒罵。

昏暗的醫務室裡只有古城與她，沒有雪菜和小那的身影。

「……姬柊她們呢？」

聽了古城的疑問，紗矢華默默搖頭。意思是，她們都被仙都木阿夜帶走了。

這樣啊——古城發出嘆息。雖然他也想立刻趕去救人——

「現在是擔心別人的時候嗎？你快死了耶！」

「好像是喔。」

哈哈哈——古城無力地笑了出來。不用紗矢華說他也知道。被劍捅傷後，已經過了幾分鐘。如果是真祖不老不死的肉體，這點傷勢應該早就徹底痊癒了。可是古城的肉體始終感覺不到開始再生的跡象。

受到仙都木阿夜啟動的闇誓書影響，「魔族特區」內的異能之力全部消失了。

結果，古城身為吸血鬼的能力也被剝奪了。普通人要是受到這種傷應該都會死，以某種意義來說是理所當然的結論。

「——血！」

紗矢華朝著古城大叫。

「咦？」

「吸我的血，快點！你之前差點死掉的時候，雪菜和公主也是那樣救你的吧！」

紗矢華解開制服的緞帶和襯衫的第一顆鈕釦，並且催促古城。她的細細頸子在窗戶照進來的月光下顯得白皙耀眼。

呃，可是——古城搖了頭。

「那時候和現在狀況不同吧……基本上我就是失去了吸血鬼的能力才會要死不活，現在讓我吸血，有點說不通吧？」

「囉嗦！」

紗矢華聲音帶淚地站起身。

她站著俯望古城，想開似的用力咬住嘴唇，然後悄悄揪著裙子兩端往上一掀。

「這……這樣你沒話說了吧？」

滿臉羞色的紗矢華淚眼汪汪地問古城。古城咳了一口血，心想這傢伙搞什麼。

吸血鬼會渴求血——造成吸血衝動的原因並非食慾，而是性慾。所以為了讓吸血鬼吸血，從性方面誘惑是合理的。

不過，選擇露裙底這一招來誘惑高中男生倒是可議。這年頭就算是小學女生，也能想到比這再高竿一點的技巧吧？以某方面來想，這種直性子倒是很像紗矢華的作風。

根本而言，看著紗矢華這樣外表優越的少女自己掀裙子，其實也相當撩人。害羞得垂下目光這一點也要加高分。況且紗矢華裙底下穿的，意外是件側邊綁帶的內褲。

「曉……曉古城……？」

「呃，假如肚子上沒有被捅一個大洞，我想這個情景會非常讓我有感覺……話說煌坂，原來妳偏好綁帶內褲啊？」

「那……那不重要吧！我還戴了箭套，有什麼辦法！」

紗矢華的嫩白大腿上，確實戴著用來裝咒箭的帶狀箭套。普通的內褲會被礙到，穿脫時似乎不方便。獅子王機關的舞威媛也有意外需要費心思的部分。

「重要的是，吸血衝動呢？」

「好不容易讓妳這樣幫忙，我很抱歉就是了。」

古城過意不去地搔頭。在要死不活的時候，還被人要求看著裙底風光興奮，坦白講也實在很勉強。話雖如此，紗矢華大概是覺得一不做二不休——

「意……意思是看內褲還不夠嗎？」

紗矢華說著將手伸向側邊緞帶打的結。她被逼急了，思路完全失去方向。

「喂，等一下！妳冷靜點！」

妳想搞什麼啊——古城也覺得自己該制止對方，身體卻失血過度動不了。

於是，在紗矢華終於解開側邊緞帶的下一刻——

「——呀！」

「喀」的一聲，醫務室的門被打開，能聽見有人進房間的動靜。跨在要死不活的古城身上、雙手掀起自己裙子的紗矢華頓時取回冷靜尖叫出聲。

進來房間的，是穿著白衣的苗條人影。

端麗的五官，沒有贅肉的緊實胴體，髮型是髮尾帶捲的短鮑伯頭。全身纏著繃帶，臉色似乎因為失血而顯得蒼白。即使如此，開朗氣質依舊健在。

「優麻？」

古城訝異地叫了對方的名字。他不明白理應身負重傷而在ＭＡＲ接受治療的仙都木優麻，為什麼會出現在這裡。

「妳……妳……怎麼來這裡的？」

紗矢華連身上凌亂的衣服都忘了整理，就伸手摸向銀色長劍。那副表情透露出無法判斷現在的優麻究竟是敵是友。

優麻望著紗矢華，表情看來有些內疚。

「抱歉，我沒有打擾的意思……不小心就……」

「什……什麼！」

滿面通紅的紗矢華手沒握好，劍掉到地上。

優麻貌似痛苦地喘氣，手扶著身旁的牆壁，額頭更微微冒出汗滴。

「我這副身體還是能用魔法查出古城的下落喔。雖然不能用空間移轉一下子就趕到。」

「妳的身體……」

看了優麻發青的臉色，古城驚呼。優麻披著的白衣滲出了新的鮮血。勉強趕來這裡，讓治療過的傷口又裂開了。

然而，優麻帶著平時那種使壞般的笑容搖搖頭說：

「要說的話，古城你看起來比較要命耶。」

「被妳這麼說還真難受。」

古城忍不住苦笑。儘管彼此都瀕臨死亡，就現在來看，連身體都動不了的古城才是壓倒性重傷。

「是妳母親做的好事喔。想救妳的雪菜也被抓走了。」

紗矢華目光嚴厲地瞪著優麻。優麻與仙都木阿夜的長相就像一個模子刻出來的，而且紗矢華本來就只有和「身為ＬＣＯ魔女的優麻」說過話，看待優麻的表情相當冷漠。

「我明白。所以，我們快點開始吧，煌坂。」

優麻一臉正經地靜靜宣告。面對她唐突的發言，紗矢華感到困惑。

「開始……呃，開始什麼？」

「來繼續妳剛才想和古城做的事。這次改成三個人一起。」

「咦！妳……妳說三個人一起……」

紗矢華面紅耳赤，或許是想歪的關係。

優麻從容自然地將臉湊到紗矢華耳邊。

「不要緊，我們才不會讓古城死。絕對不會。」

「對……對啊。」

「那就這樣囉。」

優麻在折服的紗矢華耳邊軟語呢喃，然後輕輕將手繞到她的腰際，手法熟練地解開裙釦。當著倒地的古城眼前，紗矢華的裙子拉鍊被拉開，裙子隨重力牽引掉了下來，只剩她那件脫到一半的綁帶內褲。

「呀啊啊啊啊啊啊啊啊啊——！」

紗矢華裂帛般的尖叫聲迴盪在月光之中。

2

雪菜獨自走在被夕陽照射的建築物裡。

眼熟的彩海學園校舍。雪菜穿的是國中部制服。

放學後的校內沒有學生蹤影。

操場上應該會有的運動社團吆喝聲，以及管樂社的樂器聲都聽不見。

只有一處例外——染上夕色的教室地板上拖著兩人份的影子。

在沒有人的教室裡瞪著彼此的，是穿著制服、嬌小得像個人偶的女學生，還有穿著黑白十二單衣的年輕女子。

「——隨我來吧，盟友。」

穿十二單衣的女子告訴女學生。

她的眼球還沒染成著火般的深紅。或許因為如此，從目前的她身上能感受到和仙都木優麻共通的那種開朗又親切的氣息。

「妳和我……一樣，生來就是被惡魔奪走靈魂的純血魔女。我要改變我們受到詛咒的命運，哪怕得摧毀鄙視我們的這個世界。」

「妳就是為此才要闇誓書？」

穿制服的嬌小少女反問。她大大的眼睛透著一股光芒，彷彿要拒絕穿十二單衣的女子——仙都木阿夜的邀約。

「妳為何要猶豫？是對這座島上的人產生了感情？」

阿夜悲嘆似的放聲說道。

「別忘了，公社給妳自由，只因妳是設計來管理監獄結界的……道具。妳遲早會陷入永劫的沉眠，獨自留在異界。妳將不長年歲，也碰觸不到任何人，卻在夢中看著這個世界。」

「……妳在擔心我嗎？真是溫柔呢，仙都木阿夜。」

嬌小的女學生同情似的望著穿十二單衣的女子，微微地笑了。

那是體貼以往友人的溫柔微笑，同時也是訣別的表情。

「交出闇誓書，那月。我無法容忍這個狂亂的世界。這也是為了妳。」

仙都木阿夜從十二單衣的袖口拿出書本。犯罪組織ＬＣＯ的總記被賦予的禁忌魔法——

可以奪取對方的記憶和時間，操縱固有堆積時間的魔導書。

「妳要奪取我的記憶，阿夜？」

那月以了悟的口氣問了。

被稱為闇誓書的魔導書已經佚失，是南宮那月在幾天前燒掉的。結果，由仙都木阿夜引發的「闇誓書事件」就此告結，她的實驗因而失敗。

可是，闇誓書的知識至今仍留在南宮那月腦內的記憶區。要是有那份知識，就能讓闇誓書復活。就算那月拒絕配合，只要奪取她的記憶就行了。

阿夜拿著為此準備的魔導書，發出最後警告：

「妳想保護的同學，遲早也會拋下妳長成大人，然後將妳忘得一乾二淨。忘記哪裡也不能去的妳。」

「哼……那也好。」

那月有些落寞地笑了。「空隙魔女」南宮那月會和仙都木阿夜敵對，是為了保護她在彩海學園的同學。既不因為她是人工島管理公社聘用的攻魔師，也不因為她是魔女，她是為了友情這捉摸不定的東西才與犯罪組織的首腦為敵。

那月對這樣的自己不感自豪也不自嘲，只是淡淡說著。

「我乾脆在這間學校當老師，然後看著新學生成長好了……」

那月那彷彿海闊天空的表情，使得仙都木阿夜怒目相對。

南宮那月受鄙視魔女的人們利用卻不覺得羞恥的態度，讓阿夜認為是一種無法被容許的欺瞞。

「愚蠢。」

仙都木阿夜的眼球染為火色，漆黑的騎士幽幽出現在她背後。

穿制服的那月背後，也浮現一道帶著金色光芒的巨大身影。

魔女間的戰鬥並不是用魔力硬碰硬。她們會找出對方破綻、互相使詐，能盡早攻擊到對手的一方就是贏家。

因為和魔女擁有的巨大魔力相比，她們用來防禦的肉體實在太過脆弱了。誰的魔法先成立，勝負當下立判。

而且，這場戰鬥的結尾不用看也明白。

當時只有十六歲的南宮那月勝利了，而後的十年間，仙都木阿夜都被關在監獄結界裡。

這是十年前那場戰鬥的記憶。

「這是小那……南宮老師的夢嗎？」

雪菜走進教室，打斷了兩人的戰鬥。

霎時間，瞪著彼此的兩名魔女如幻影般消滅了，僅剩黃昏時分的教室。只不過，在魔女們的身影徹底消失前——

「不。這或許是妳的夢吶，劍巫。」

會聽到仙都木阿夜嘲弄般的說話聲，是心理作用嗎——

雪菜獨自站在無人的教室中央深深嘆息。

由於重現得太過完美而讓人難以置信，但這座校舍似乎是位於仙都木阿夜創造的結界內側。與其視為單純的結界，那精細的空間更應該稱作另一個世界。而且在這個世界裡，夢與現實的界線似乎變得很模糊。

即使想逃離，雪菜手裡也沒有「雪霞狼」。若是用能斬除萬般結界的那把槍，應該就可以打破這個幻想世界。

「——姬柊！」

呆站著的雪菜耳裡聽到了令人懷念的聲音。回頭望去，在制服上披了連帽衣的男學生正慌慌張張地趕來教室。

「妳沒事吧，雪菜？」

晚一步進教室的高個子少女衝過來抱住雪菜，感覺不像幻影的鮮明觸感讓雪菜迷惑了。

難道他們也被困進仙都木阿夜創造的世界了嗎？

「學長？還有紗矢華？你們的傷都不要緊嗎？」

「嗯，沒事了。妳要看嗎？」

古城忽然打算掀起制服上衣。紗矢華看了隨即敲了他的後腦杓，叩的一聲沉沉響起，古城捂著頭抗議：

「很痛耶！我開個小玩笑嘛……！」

「由你來說就不像玩笑啦，變態！我的雪菜會被你玷汙，不要過來！」

紗矢華大呼小叫地用力摟住雪菜。她皮膚的溫暖還有胸部的彈性都直接傳來，讓雪菜越來越混亂。這份觸感實在不像幻覺。

重視的人就在身邊。被舒服的安心感包圍，仙都木阿夜的存在還有闇誓書事件，感覺似乎都無關緊要了。

「別管這種笨蛋，我們去社團吧，雪菜。」

「社團……嗎？唔，可是我要負責監視學長……」

雪菜被紗矢華拉著手，困惑地搖搖頭。古城一臉不解地歪著頭問：

「監視是什麼意思？妳要來看我練習嗎？」

「咦？」

注意到古城揹的運動提袋，雪菜蹙了眉。從袋裡露出來的毛巾和籃球鞋有種異樣感，可是那並不會讓她不快。那屬於讓人想直接接受的異樣感。

「學長……你又開始打籃球了？」

「『又』是什麼意思？彩海的籃球社雖然弱，可沒有倒掉喔？」

「可是，魔族的力量呢？」

「被虐狂……？」（註：魔族的日文前兩個字音同被虐狂）

妳在說什麼跟什麼？古城皺著臉如此表示。紗矢華趁機幸災樂禍地微笑著說：

「原來你有那種癖好啊？不愧是變態。」

「——才沒有！哎，我們社團的經理確實挺像虐待狂就是了……淺蔥那傢伙，排那什麼練習項目啊……！想要我死嗎！」

「好啦，和這種變態講話會感染成被虐狂喔。我們快點去弓道場吧。」

「感染個頭啦！」

穿著彩海學園制服的紗矢華和古城感情和睦地鬥著嘴。從談話內容來想像，紗矢華似乎是雪菜在弓道社的學姊。

原來如此——雪菜發出嘆息。她覺得要是能直接活在這個世界就好了。如果可以實現，會有多麼美好。

「姬柊？」

古城擔心地望著頓失表情的雪菜。但在雪菜眼裡已經沒有映著他的身影了。

「是這麼回事啊。用普通學妹的身分和學長認識，又有溫柔的紗矢華陪在一起，原來這就是我的夢……或許有可能存在的另一個世界……」

不過，雪菜哀傷地露出微笑，並且用力握緊右手。

理應不存在的金屬長槍觸感傳到了她的指尖。獅子王機關的祕藏兵器「七式突擊降魔機槍」——無論多強大的魔女結界，都欺騙不了這把能讓一切魔力失效的長槍。

「——『雪霞狼』！」

雪菜吶喊槍銘，槍尖呼應其聲散發出耀眼光輝。

破魔之光斬斷幻影，讓深夜裡被漆黑籠罩的教室現形。

古城和紗矢華的身影都消失了。雪菜穿的並非制服，而是借來的護士服。窗外仍然陰暗。雪菜和小那被抓來，好像還不到兩、三個小時。

雪菜和小那被關在外形酷似鳥籠的囚籠。

看來小那是睡著了。魔力從絃神島上消失，使得驅動她的假想人格隨之消滅了。

雪菜的長槍也無法斬斷鋼鐵製的囚籠，要自力逃脫似乎有困難。

「若妳希望，我也可以將剛才的夢化為現實。」

從雪菜背後傳來的，是仙都木阿夜的聲音。

帶著憐憫之意的嗓音透露出她那些話在在屬實。

是的，她辦得到。如同將一切異能之力從絃神島抹去，她也能改變古城和雪菜的命運。

「隨心所欲地自由改寫世界——那就是闇誓書的能力對不對？妳用了那股力量，將絃神市裡除了自己以外的異能之力全部消去了。」

「沒有……錯。」

阿夜毫不猶疑地頷首。

「妳這麼做，是為了什麼？」

「證明受到詛咒的並非我等魔女，而是這個世界——我就是為了這個。」

「證明？」

雪菜困惑地反問。她無法了解仙都木阿夜真正的心思。令異能之力消失，使絃神島瓦解。這樣能證明什麼——？

「這是一場……實驗。妳則是實驗的見證人——也就是觀測者吶，姬柊雪菜。」

阿夜看著雪菜疑惑的表情笑了。而在她們腳邊，支撐校舍的地基正軋然作響。絃神島目前仍持續崩壞。

3

「不要……放過我，求求妳……」

在陰暗醫務室的沙發上，紗矢華蜷縮成一團。

她的白色襯衫已經完全敞開，肉感微薄的側腹露了出來。由於裙子早被脫掉，從襯衫下襬亮出的淨白大腿在夜色中看來格外耀眼。

優麻硬是撲倒抗拒的紗矢華，正打算解開她的胸罩。優麻用食指輕撫紗矢華的細細鎖骨，微笑著說：

「呵呵。妳很漂亮喔，煌坂。」

咿——驚呼的紗矢華全身緊繃，虛弱地搖頭。

「為什麼妳要這麼過分？」

「誰叫只有我是穿這種衣服，很不好意思嘛。」

「……呃，基本上那不能算衣服就是了。」

一個人置身事外的古城呼吸困難之餘仍插嘴吐槽。

優麻的白衣底下穿著手術用的病患服。只是將布料用帶子從左右束起，相當於裸體圍裙的裝扮，底下當然任何內衣都沒穿。為她遮住肌膚的，只有全身纏著的繃帶。

「我是從病房溜出來的，也沒辦法吧。」

優麻說得毫不愧疚。她還拉開病患服的胸口若隱若現，像是在挑逗古城。不過古城全無反應。古城從小學時就被她這樣對待過好幾次，已經習慣這類惡作劇了。

「抱歉，煌坂。這傢伙從以前就是這樣。」

「……我還一直覺得奇怪……為什麼這麼漂亮的女生……會跟你來往，不過我現在很清楚她和你是好朋友。原來你們就是臭味相投。唔……」

紗矢華恨恨地瞪著古城。妳怎麼得到那種結論的——古城懶散地發出嘆息。

「也沒多少時間了，差不多可以了吧？跟妳借一下劍喔，煌坂。」

優麻解開了紗矢華的胸罩，說著就將手伸向「煌華麟」。然後，她毫不猶豫地用劍刃抵在自己的頸子上。這個舉動讓古城倒抽一口氣驚呼：

「優麻？」

「——仙都木阿夜用闇誓書消除絃神島全區的異能之力。魔族都喪失能力，變成了普通人。這種狀況持續太久，生命現象全仰賴魔法的人工生命體和重病患者也會有生命危險。」

「既然這樣……妳也……」

古城仰望著頸子流出鮮血的優麻，虛弱地發出嘀咕。優麻同樣是接受魔法治療的傷患。原本受了瀕死重傷的她，身體狀況勉強能持平，也是因為用了ＭＡＲ擁有的最新銳醫療魔法

的緣故。

「也有例外喔，古城。仙都木阿夜唯獨沒消除自己的魔力。畢竟發動闇誓書的就是她，應該消不掉吧。」

優麻趴倒在臥床的古城身上。從她頸子流出的血珠滴落在古城口中。

「幸虧如此，她複製自己才創造出來的我，魔力一樣健在。現在的我，雖然沒有足夠的力量對抗仙都木阿夜，但是古城你只要吸了我的血——」

「說不定就能取回吸血鬼的力量……妳是這個意思嗎？不過……」

紗矢華察覺優麻的目的，猛然撐起上半身。

闇誓書無法令優麻的魔力失效。如同微量疫苗能讓病毒失效，將她的血納入體內當作觸媒，古城也許就能取回吸血鬼之力。

然而，假如古城已經徹底失去異能之力，就算吸了優麻的血也是回天乏術。因為普通人就算吸取別人的血，也不會產生變化。

但優麻露出了微笑，像是要為不安的紗矢華打氣。

「不要緊。或許仙都木阿夜是打算消除這個世界上除了自己以外的所有異能。不過，古城是第四真祖。妳知道這是什麼意思嗎？」

「……原本應該不存在於這個世界的……第四名真祖……」

第四真祖是混入這個世界的異物，體內肯定擁有不受闇誓書支配的異能因子，留在優麻血液裡的魔力只是喚醒那股力量的誘因。

於是，彷彿替優麻的假設做出佐證，古城的眼睛染成鮮紅了。

猛獸般伸出的銳利獠牙毫不留情地扎向優麻受傷的脖根。優麻滿足地閉上眼，伸出手溫柔地摟住古城的背。從堅強的她口中冒出了軟綿綿又嬌憐的甜美吐息。

紗矢華呆呆望著古城他們相擁的模樣，中途才回神問道：

「等一下，那妳扒掉我的衣服有什麼意義……？」

「這個嘛……」

優麻帶著苦笑想回答，卻猛咳出血花。她就這麼力竭昏倒了。

「優麻，妳……！」

古城總算明白優麻趕到這裡有多逞強。她盡其所能地用了療癒及強化的魔法，硬是讓需要靜養的身體動起來，就為了解救古城的危機；就為了將自己的血獻給古城——

「抱歉，古城……剩下的拜託你了。我差不多到極限了……」

聲音沙啞的優麻說得斷斷續續。古城則咬著沾滿血的嘴唇點頭。

「……交給我吧。妳傳給我的球，我哪有浪費過。」

古城朝優麻伸出來的手用力擊掌。

古城全身高漲的情緒，是憤怒——對於不可理喻的命運，讓優麻落得這種慘狀的憤怒；對於仙都木阿夜傷害她的憤怒；還有對於自己沒能保護優麻的憤怒。

優麻將魔力——將她的血分給古城，讓第四真祖原本被奪走的力量再次覺醒。闇誓書之力對古城再也沒有效用。可是，還不夠。古城要用於洩憤的力量還不夠。他要血——

「煌坂——！」

「我……我在！」

裸身披著襯衫的紗矢華嚇得全身僵硬了。

古城帶著受傷的身軀起身，用力將紗矢華摟進懷裡。和強而有力的口氣恰好相反，古城碰她的方式相當溫柔。為了不讓具有男性恐懼症的紗矢華害怕，他沉靜而纖細，像是在對待易碎品，不過在關鍵的部分又十分大膽。

那熟練的手法，和平時不習慣和女性相處的古城明顯不同。

也許是前任第四真祖的記憶沉睡在古城血液裡，對他的行為產生了影響。

「等……等一下……我……我心裡還沒準備好……而且也沒洗澡，又有優麻在旁邊看……啊！」

紗矢華拚命找藉口，反抗起來卻軟弱得和嘴裡說的相反。古城用指頭觸碰紗矢華那毫無防備的身體，她全身洩了力氣。

「好……好痛……那邊……不可以……我還沒……嗯嗯！」

古城緩緩將獠牙扎入紗矢華的白嫩肌膚。一開始痛得呻吟的她，不久後也吐露出微弱氣息，將自己交給古城了。

吸紗矢華的血是第二次，但她的反應青澀新鮮，和古城的匹配度也高。她身為強大靈媒，獻出的血和第四真祖的肉體十分契合。

「我不會……」

古城在閉上眼睛的紗矢華耳邊細語。白皙肌膚泛上紅潮的紗矢華，盪漾目光回望他說：

「曉……曉古城？」

「我不會讓任何人死，煌坂。再也不會……」

「……嗯。」

紗矢華用撒嬌般的坦率語氣回答。古城摟著她，將手湊到自己胸口。被仙都木阿夜的「守護者」貫穿的劍傷已經完全癒合了。

可是，左胸的傷還沒好。

那是被雪菜用「雪霞狼」捅出的傷口。難道那把槍造成的傷，就連第四真祖的力量也沒辦法療癒嗎——

沒錯，正是如此。然而，錯了。

古城體內有陣聲音給了答覆。

固執於實體才會被貫穿。

固執於形體才會崩解潰散。

吸血鬼能超越生死界線，棲息於存在與非存在的夾縫間。

讓聖與邪、生與死，都回歸原初的混沌濃霧裡就行了——

「曉古城，你做了什麼……？」

紗矢華茫然細語。她發現有一片銀色濃霧冒了出來，將古城裹住。

霧來自古城自己的肉體。他的身體正逐漸幻化成銀霧。受傷的優麻以及紗矢華的身影，不久就被那片霧遮得消失無蹤了。

「我明白了……是這麼回事嗎？奧蘿菈……這傢伙是第四號吧！」

理解一切的古城發出嘀咕。

第四號眷獸早已覺醒。在古城被雪菜的長槍貫穿時，它就已經醒了。它現身是為了救古城，避免讓他的肉體消滅，然後就一直陷於失控狀態。

使用吸血鬼力量時的強力虛脫感，和同時喚出數匹眷獸的感覺一樣。古城胸口上那道半實體化而無法痊癒的傷，就是第四真祖的第四號眷獸。

「繼承『焰光夜伯（Kaleido Blood）』血脈之人，曉古城，在此解放汝的枷鎖——！」

古城肅穆地開口。彷彿回應其呼喚，包裹他的霧越變越濃。古城負傷的肉體正幻化成一片銀霧。

「迅即到來，第四眷獸『甲殼之銀霧（Natra Cinereus）』——！」

銀霧在頃刻間籠罩建築物，令世界的輪廓變得模糊。

人的身體、建築物以及大氣，全都塗上了一層銀色的混沌。

「……霧之……眷獸？」

紗矢華仰望頭頂，睜大了眼睛。銀色濃霧中浮現的是眷獸的龐然身影，包覆其全身的是灰色甲殼。那層瀰漫殺氣的厚實裝甲，堪稱移動要塞。然而從甲殼縫隙露出的，卻只有銀色濃霧。

如亡靈般具備霧之身軀的甲殼獸——

眷獸的咆吼響遍了被銀霧籠罩的世界。

4

悄悄開始瓦解的人工都市被銀霧包裹住了。

對於浮在太平洋上的絃神島來說，起霧並非特別稀奇的事情。隨季節不同，島上也會被海霧籠罩，對交通更是頻頻造成干擾。

不過，這片銀霧和那種普通的氣象現象不同。

霧來自都市本身。建築物、交通機構、人工大地以及住在上頭的居民都化為濃霧，溶入世界了。

城市本身被封鎖在霧裡——令人聯想到仙境的景觀。

有道人影正從海上望著那充滿濃密魔力的光景。

「——島嶼停止瓦解了呢。」

坐在滿布瓦礫的岩礁邊緣的，是個短髮直豎、穿制服的高中男生。

矢瀨基樹。他是古城等人的同學，同時也是人工島管理公社派出的密探。

矢瀨待在人稱監獄結界的小島。這座小島和絃神島只有些微距離，闇誓書的效果也沒有遍及這裡。

「是第四真祖的眷獸呢。」

站在矢瀨背後的少女細語般靜靜說道。

那是個戴眼鏡、腋下夾著書本的高中女生。她和矢瀨一樣穿著彩海學園的制服，但散發的氣質感覺成熟而沉穩。

矢瀨應了一聲，抬頭對她表示同意：

「雖然化成霧逃離戰場是吸血鬼的常見手段，沒想到他能將整座島都變成霧。這一次倒是多虧如此才得救了……不過……」

「只要他有意，隨時都能消滅這座島——這項事實也重新得到證明了呢。」

「哼。這也在你們的計畫之內嗎？」

矢瀨用壓抑情緒的冷冷口吻問了。

絃神島喪失魔力的瓦解現象，在前些時候就停止了。

這是因為霧化以後就不受重力影響，建材連接處也失去實體，不再有強度方面的問題。或者應該說，沒有實體的東西就無從摧毀。

「之前我聽說曉古城是無法變成霧的不完全吸血鬼，沒想到他第一次霧化會是這麼壯觀的場面……不愧是第四真祖，名不虛傳的災厄之子。」

「也是啦。」

矢瀨不否認她的話。

只要是和「舊世代」同等以上的吸血鬼，幾乎所有血族都會使用霧化這項尋常無奇的能力。曉古城以往卻沒有變成霧的紀錄。

理由在於如果他隨便變成霧，要是一失手就會消滅整座城市，其荒謬程度和第四真祖之名十分相符。

不過以結果來說，「魔族特區」的危機將會因為第四真祖這項荒謬的能力而得救。古城自己恐怕是在無意識間下的手。

「不講那些了，告訴我這是怎麼一回事。仙都木阿夜會執著於闇誓書那種『派不上用場』的魔導書的理由——你們應該知道吧？那個魔女的目的是什麼？」

矢瀨目光銳利地仰望少女。少女使壞般微笑著搖頭。

「這個嘛，恐怕她是想拯救世界吧。」

「那是什麼話？」

「那個魔女在害怕喔。換句話說，她和我們一樣。」

少女回望口氣不悅的矢瀨，露出了自嘲般的落寞笑容。

隨後，她不動聲色地起身，目光轉向濃霧籠罩的絃神島。接著她朝夜晚的海走去。

「妳不看到最後？」

矢瀨在少女背後問。她淡然搖頭。

「對不起。我有些瑣事要辦。」

眼鏡少女走去的碼頭那裡停著一艘小艇。那是沿岸警備隊的巡邏艇。在隊員恭敬地服侍下，少女搭上小艇。

矢瀨目送這樣的她，無奈地聳聳肩。

「她還是那麼冷淡……哎，雖然那就是她的魅力啦。」

矢瀨大膽地咕噥，同時又將目光轉向絃神島。

包覆人工島的銀霧沐於月光下，悄悄將大海逐步掩沒。

5

「妳說這個世界受了詛咒，是什麼意思？」

仍受困於鳥籠的雪菜問火眼魔女。一臉舒暢地聽著絃神島瓦解的魔女這才看向雪菜，愉快地露出微笑。

「妳覺得不解……嗎？劍巫？」

一身黑白十二單衣搖搖擺擺，仙都木阿夜緩緩轉向鳥籠。

「不然我問妳，妳覺得世界現在的模樣是對的嗎？人們不以為意地使用魔法，又有吸血鬼及獸人昂首闊步的這個世界……是對的嗎？」

阿夜問得唐突，讓雪菜有一絲異樣感。本身無非就是魔女的仙都木阿夜，卻抱持著否定自己存在的疑問，讓雪菜感到很奇妙。

「……雖然支配這個世界的原理還留著許多謎團，但魔法和魔族實際存在的現實並不能被扭曲。基本上，不就是為了研究那些謎團，才有這座『魔族特區』嗎？」

「妳是個模範生，劍巫。」

仙都木阿夜的語氣有著些許嘲弄的調調。

「那麼，妳不曾懷疑過魔法和魔族存在的理由嗎？僅僅一個吸血鬼，就被賦予了足以摧毀巨大都市的力量——這不平衡的模樣，妳能斷言是世界該有的正確面貌嗎？」

「這……」

雪菜不禁語塞。理解了真祖的威脅性，任誰都會抱持這理所當然的疑問。為什麼只有他們被賦予那麼強大的力量——？

火眼魔女將目光轉向窗外。那張臉極為理智，並不符合心狠手辣的魔導罪犯形象。

「我一直在思考。魔法和魔族，原本是不是都只存在於人類的想像當中？不存在那些事物的世界，會不會才是該有的正確面貌？」

「可是，現實中存在著異能之力。就算那是錯的……」

雪菜瞪著仙都木阿夜。阿夜揚起嘴角笑道：

「對。所以我才說，這個世界受了詛咒。」

「也許是這樣沒錯。不過，人類始終在這個世界活著，活了幾千年。」

聽了雪菜的話，火眼魔女忽然正色偏著頭。

「活了幾千年……嗎？真是這樣？」

「這話是什麼意思？」

「妳知道『世界五分前假說』這種思維嗎？」

被阿夜如此反問，雪菜搖了搖頭。她沒聽過那奇特的字眼。

火眼魔女並不輕視雪菜，淡淡地開始說明：

「——世界變成現在這副模樣，是在短短五分鐘前發生的事，並沒有更過去的歷史——這就是該項假說的內容。它假設人類的記憶和歷史、過去的紀錄及建築物，都屬於某人在五分鐘以前創造出來的東西。」

「……那只是假說……一種無法證明的思考實驗。」

雪菜帶著嘆息指正。她無法否定那項假說，但與此同時，也沒有人能證明那是真實。感覺並不具哲學性思考以外的意義。

可是，彷彿就等她如此反駁，阿夜愉快地露出了微笑。

「那確實是假說。不過，有方法可以證明。實際上，在我任意創造出世界以後，其可能性已經沒有懷疑的餘地了吧？」

雪菜理解了阿夜話裡的意思，臉上頓失血色。

「難道妳是為此才用閻誓書……？」

「沒錯……我要隨心所欲地改寫世界。這就是為了達成目的而做的實驗。」

火眼魔女毫不遲疑地宣言。感到寒意的雪菜肩膀發顫。

消除異能之力並不是「書記魔女」仙都木阿夜的目的。

她打算改寫世界，將世界改寫成自己相信的「正確面貌」。

「為什麼妳要在絃神島做那種危險的實驗……？」

「這裡是『魔族特區』——沒有魔法就連存在也無法成立的人工島，亦即狂亂世界的象徵。沒有比這更適合讓我做實驗的舞台了吧？」

阿夜貌似乏味地說明。何必問這種理所當然的問題？她的表情彷彿如此透露。

雪菜感受到一股無處發洩的氣憤，狠狠瞪著阿夜。

「就為了那種事情，妳要殺掉幾十萬人？」

「我等魔女被貶為不祥的存在，卻又一直被恣意利用……這是他們的報應！」

火眼魔女放聲大叫。雪菜第一次目睹她情緒激動的模樣。

「妳也親眼看過吧，劍巫？我的盟友南宮那月一直以來是怎麼被那些傢伙對待——！」

「仙都木阿夜……妳……」

壓抑不住憎恨的阿夜呼吸急促，雪菜則面有惑色地望著她。

在監獄結界交戰時，阿夜並未殺害那月。儘管阿夜奪走了那月的記憶，還是任其逃到安全的地方，她自己並沒有展開追殺。即使現在抓到了處於無力狀態的小那，她也沒有下手報復，只是擱在一旁而已。

或許仙都木阿夜直到最後都不想和那月交手。或許被關進監獄結界的這段期間，她也一直在為獨自被留下的那月著想。

因為對阿夜來說，那月真的堪稱盟友。

「啟動闇誓書，需要借助流經『魔族特區』的龍脈靈力及星辰之力。我在監獄結界蟄伏了十年，就是為了等待星辰就位。再過一晚——等波朧院節慶結束，我的世界自會消失。」

阿夜設法讓呼吸平靜下來，然後改回原本的冷靜語氣。

那是對雪菜等人有利的意外情報。到了天體位置改變的隔日早上，闇誓書就會失去效用。不過，失去吸血鬼之力又身負重傷的古城，想來並不能平安撐到那時候。何止古城性命不保，就連持續崩壞的絃神島也下場堪慮。

「當然，這座島在那之前應該就會沉入海裡。要證明我提出的假說正確性，那點實驗成果是必須的吧。」

雪菜苦惱地低呼並握緊長槍。不過她現在受困於鳥籠，沒有手段能阻止阿夜。

「那把槍……『七式突擊降魔機槍』是能讓魔力失效、斬斷萬般結界的破魔之槍——據稱是如此。不過，那是事實嗎？」

火眼魔女望著持槍的雪菜，忽然改變口吻。

愛用的武器遭到非議，雪菜神色尖銳。

「……妳到底在說什麼？」

「那並非讓魔力失效，而是讓世界變回原本該有的面貌吧——？若不是如此，我認為無法解釋它那連真祖能力都能無效化的威力。」

阿夜悠然微笑說道。她的火眼正仔細端詳著雪菜。

「既然這樣，能將那把槍運用自如的妳會是什麼人？妳真的是這個世界的人嗎？」

「——為了那種無聊的臆測，妳才把我帶來這裡？」

雪菜壓制內心的動搖，聲音平靜地開口。

她對自己為何會被抓來一直感到不解，但謎底終於揭曉了。

仙都木阿夜對身為「七式突擊降魔機槍」使用者的雪菜，抱有一股興趣。這麼說來，在監獄結界初次碰面時，她也注意過雪菜的槍。

「臆測嗎？不然，我倒想聽聽看只有妳逃過了闇誓書的效果，而且到現在還能用咒術的理由。」

仙都木阿夜逗弄般問雪菜。冷不防被她戳中疑點，雪菜沉默了。些微的疑念逐漸蔓延開來——火眼魔女說的該不會句句屬實？關於這個世界的真實。

「妳之前說，這個世界是被某人創造成現在的樣貌，對不對？」

雪菜語氣生硬地問了阿夜。

「沒有錯。與其說是創造，也許反而該稱為……詛咒。」

「究竟誰會做出那種事？」

「我不明白。提到創造世界的存在，或許該稱之為『神』吧？不過那大概不是那麼清高的玩意。」

阿夜索性搖頭。然後，她像是忽然想起了什麼，對雪菜露出微笑。

「提到神，吸血鬼的真祖，據說就是受了眾神詛咒才誕生的存在吶。」

「所以，那又如何……？」

「既然如此，原本應該不存在於這個世界的第四名真祖會是什麼人……？創造出那傢伙，是出於誰的意思？只要能明白那一點，說不定也可以解開世界的祕密——」

饒舌的阿夜說到一半停了下來。她訝異地望向外頭。

「……這股魔力！」

雪菜也察覺阿夜愕然的理由了。濃密得驚人的魔力波動正在搖撼校內的大氣，搖撼受阿夜支配的世界大氣。

「怎麼可能！」

阿夜撂下一句，並移轉至校園。關著雪菜等人的鳥籠也和她一起。

包圍學校四周的是一片銀霧。

受濃霧遮蔽，外頭景物什麼也看不見。不對，是城市本身變成霧了。

雪菜正用眼睛對潛伏在霧裡的怪物身影進行靈視。

如亡靈般不具實體的甲殼獸。這片霧是吸血鬼的眷獸，包裹住絃神島一切的霧之眷獸。

能夠使喚這等超凡眷獸的，在這座「魔族特區」只有一人。

銀霧被看不見的障壁阻絕，進不了校地。

仙都木阿夜設下的結界正在抵擋銀霧入侵。

然而，那道厚實的障壁卻突然出現龜裂。有人將結界連著空間一同撕裂，闖進了仙都木阿夜的世界。

「迅即到來——第三眷獸『龍蛇之水銀』（Al Meissa Mercury）！」

能吞噬空間的存在——次元吞噬者（Dimension Eater）。率著交纏的水銀色雙龍破門闖進校園的，是披著浴血連帽衣的世界最強吸血鬼——

第四真祖，曉古城。

6

水銀色的雙頭巨龍張口將禁錮雪菜和小那的鳥籠咬碎。

面對席捲周圍空間的那道攻擊，雪菜拚命用長槍阻擋。能將囚籠摧毀是很慶幸，但這未免太過火了。

「學……長……！」

雪菜的細語中，責怪之意比安心更濃。那兩頭能從任何次元將空間剷除的龍，在第四真祖的眷獸裡屬於最凶惡的一匹，並非可以隨便解放的貨色。

古城似乎也想起它們的危險性，才連忙解除眷獸的具現化。吞得還不夠——儘管雙龍不服地發出長嘯，形影仍不甘不願地消失了。

「……萬萬沒想到你竟能咬穿結界，闖入我這個世界的中樞。感覺像自己的房間被人穿鞋踩了進來……呢。」

仙都木阿夜恨恨地瞇著火眼瞪向古城。

古城正面接下她的目光，無畏地笑著露出白色的獠牙。

「先講清楚，這裡可是我們的學校。一般來想，妳才是入侵者吧？仙都木阿夜？」

「……唔。」

古城的話讓阿夜露出些微動搖。距離她和那月最後一次在這所學校交談，已經過了十年。她或許是頭一次體會到那間隔的歲月。

「——雪菜！妳沒事吧！她有沒有對妳亂來？」

被紗矢華呼喚名字，跪著保護小那的雪菜抬起頭。和古城一起進來校園的紗矢華，讓受傷的優麻搭著自己的肩膀。

優麻只穿著薄薄的病患服，模樣毫無防備；至於紗矢華，衣服凌亂得簡直像才剛與人交歡。外頭究竟發生過什麼，光看她們的樣子就能想像大概了。料想到那些不檢點的行為，讓雪菜莫名一陣心痛。

紗矢華她們甘願變成那樣也要來救人，雪菜的感激之情自然不假，古城還活著也讓她坦然覺得高興。即使如此，這股抹不去的焦躁和悲傷是什麼？

雪菜無法承認自己會冒出「嫉妒」這種監視者不該有的感情，於是決定淡然點出事實。

「紗矢華……妳的襯衫鈕釦扣錯了……」

「咦！」

紗矢華的臉爆炸般染上紅暈，連忙遮住胸口。雪菜將小那交給紗矢華，自己則挺身為了保護她們而擺出架勢。

紗矢華被闇誓書奪走的力量還沒恢復，優麻也負傷動不了，現在能對抗仙都木阿夜的只有雪菜和古城。

「優麻……嗎？」

仙都木阿夜怨聲說出那個名字。

火眼魔女為了從監獄結界脫逃才準備的名為女兒的道具。達成使命後就被阿夜拋棄，恐怕連存在都遭到遺忘的她，卻救了古城一命。

而且阿夜的計畫正因此瓦解。這樣的事實讓她怒不可遏。

「原來如此。你吸了我那複製品人偶的血，取回了魔力。」

「嗯。多虧如此，我才能把妳轟出這座島。」

古城冷冷望著氣得發抖的魔女說：

「對妳唯命是從的優麻被利用得奄奄一息，那月美眉也被妳變成了幼童。淺蔥、亞絲塔露蒂還有衷心期待著祭典的所有人，更是因為妳才會受苦。」

古城索性走向仙都木阿夜，拉近彼此距離。

他釋放出來包裹身軀的是雷光及暴風。沉睡於第四真祖血液中的眷獸們，都對古城的憤怒起了反應。

「我真的發火了。無論妳是優麻的母親還是監獄結界的逃犯，我才不管妳有什麼目的！妳傷害了我一大堆重要的朋友！接下來，是屬於第四真祖的戰爭！」

「唔……」

仙都木阿夜迎面承受古城的怒氣，標致容貌扭曲得猙獰。

雖說古城取回了魔力，闇誓書的力量依舊健在。而且這裡是阿夜創造出來的世界中樞，她的力量將劇增，古城的魔力則會減半。縱使對手是吸血鬼真祖，目前的阿夜仍有勝算。她明白這一點。然而——

「——不，學長。這是屬於我們的反擊。」

闖入對峙的古城和阿夜之間的是雪菜。古城訝異地看著她。以立場而言，原本該冷靜規勸古城的雪菜，現在卻主動想阻止阿夜。

「妳說過因為自己是魔女，才會受到這個世界的人們鄙視和利用。既然如此，妳對優麻做的又算什麼呢！」

雪菜哀傷地瞪著阿夜。

也許火眼魔女真的想改變這個世界。要是異能之力從世界上消失，魔女就不會被畏懼，也不會被排擠。或許那就是她的心願。

但是在這過程中，假如阿夜傷害、踐踏了比自己脆弱的人——雪菜就無法承認那是正義，非得有人來阻止她才行。

「妳會受到詛咒並不是因為妳身為魔女。只要妳拿自己的魔女身分當成傷害別人也該被原諒的藉口，就沒有任何人會接受妳。請妳現在立刻解除闇誓書，向我們投降吧。」

「……只活了區區十幾年的幾個小鬼頭，卻說得自以為了解。」

阿夜苦澀地瞟了他們一眼。她充滿絕望及抗拒的表情和十年前的模樣重疊了，和她決定和那月分道揚鑣時的模樣重疊。

「不過，莫非你們都忘了？這裡依然受我的世界掌控！」

阿夜的指尖在虛空中描繪出文字。

那陣光芒從虛空陸續召喚出人影，當中也混了幾張古城他們認識的面孔。屠龍者布魯德・丹伯葛萊夫、修特拉・D、紀柳樂・齊勞第和奇力加・基力卡。紅與黑的魔女雙人組則應該是梅雅姊妹。

「她本著記憶創造了一批新的魔導罪犯……？」

雪菜愕然如此嘀咕。阿夜召喚出來的，恐怕是她記憶裡的凶惡魔導罪犯們的模造品。能隨心所欲改寫世界的闇誓書之力，就連人類都能自由創造。那些全是對仙都木阿夜唯命是從的人偶。

然而，他們不過是沒有靈魂的幻影。即使具備和本尊相同的能力，威脅性仍遠遜於本尊。而且既然知道是幻影，就沒有必要手下留情。

「妳以為那種雜碎能擋得了我嗎？黑白女！迅即到來，『雙角之深緋（Alnas Minium）』——！」

古城新召喚的是一匹長了緋亮鬃毛及雙角的巨大眷獸。

如蜃景般搖曳的眷獸，全身由驚人振動波聚合而成。

頭部突出的兩支角如音叉般共鳴，散發出凶猛的高周波振動。光是那陣餘波就讓校舍的玻璃全部碎裂，眷獸的嘶吼更化為衝擊波炮彈，朝包圍古城等人的大群魔導罪犯傾盆砸落。

面對雙角獸（Bicorn）的摧殘，屠龍者之劍、念動力的不可視斬擊、「舊世代」的眷獸、炎精靈全都顯得綿薄無力。第四真祖毫不留情地解放出來的眷獸，憑著壓倒性力量蹂躪群敵，一擊消滅了他們。

與其稱為戰鬥，那光景就像巨大龍捲掃過一切。

司掌暴風及衝擊的緋色雙角獸是破壞的化身。除了消滅巨大軍勢外，這怪物再沒有其他用途。這樣下去會連彩海學園的校舍也灰飛煙滅——

那麼想的瞬間，虛空冒出的輝亮字串將雙角獸的爆壓隔絕了。趁著那一瞬的空隙，古城才勉強駕馭住差點失控的眷獸。

「是之前那種魔法文字的障壁嗎……！」

學校得救了——古城嘴裡如此嘀咕，表情卻顯得凝重。阿夜的力量當面將古城的眷獸壓制住了。在這個世界，阿夜果然能行使神一般的力量。

然而，阿夜的表情卻不從容，因為和她交戰的對手並不只古城而已。

「『雪霞狼』——！」

雪菜持銀槍朝環繞著阿夜的文字障壁一閃而過。

連眷獸攻擊都能承受的障壁，霎時間就像氣球爆開般消滅了。雪菜手裡使的是能斬除萬般結界的破魔長槍，她的攻擊靠魔法障壁無法擋下。

阿夜知道這一點，又在虛空中畫出新的魔法文字。瞬間，玻璃般的透明牆壁出現在雪菜眼前。

「水晶之壁？」

槍尖被彈開令雪菜驚呼。她那把長槍能讓魔法失效，但要對付單純的牆壁就顯得無力。阿夜身為這個世界的創造主，可以隨心所欲地召喚物質。

「姬柊，妳讓開——！」

古城剽悍地露出獠牙大喊。普通的牆對眷獸來說不足為懼。

厚實的水晶之壁承受不住雙角獸放出的強烈振動波，頓時碎散瓦解。

「物理障壁有真祖的眷獸應付……魔法障壁則會被劍巫的槍擊潰……嗎？被世界拒絕的異類合力，沒想到會如此棘手。既然如此——」

阿夜反而略顯痛快地笑著，並將手伸入十二單衣的袖口。她從中掏出一本古老魔導書。

「糟糕——！」

由虛空出現的黑色觸手，從背後將雪菜架住了。束縛她全身的血管狀觸手，和之前襲擊優麻「守護者」的一樣。長槍被封鎖住的雪菜沒辦法將那些甩開——！

「抱歉了，我要奪走妳的記憶，劍巫！『影』！」

仙都木阿夜喚出自己的「守護者」——披戴漆黑鎧甲的無臉騎士。

黑騎士拔劍砍向動彈不得的雪菜。和那月幼兒化那時一樣，黑騎士想奪取雪菜的固有堆積時間，癱瘓其戰力。

「姫柊！」

古城衝向雪菜。古城強大過頭的眷獸無法在不傷及雪菜的前提下救她。可是，黑騎士的攻擊比古城趕到她身邊更快。

在古城即將陷入絕望之際，金屬衝擊聲「鏗」地猛烈響起。

被彈開的是黑騎士的劍。

從虛空出現的黃金手甲，彈開了黑騎士的攻擊。

「是黃金的……『守護者』！」

在空間蕩漾出迷人漣漪以後，另一名魔女的「守護者」現身了。

身穿黃金鎧甲的人型身影。

凶惡巨大的模樣與其稱為騎士，更像惡魔——由機械組成的惡魔騎士。

「妳終於拿出那本書了。我苦候多時嘍，阿夜。」

阿夜的背後傳來一陣咬字不清的可愛嗓音。率著黃金「守護者」站在那裡的，是個穿豪華禮服的年幼少女。但她露出的表情卻充滿桀驁不馴的威嚴感，和外表年紀並不相稱。

「那月！妳的記憶——」

「把我的時間還來吧。」

有著小那外貌的南宮那月隨手彈響指頭。從虛空穿出無數鎖鏈，纏住了阿夜的手臂，並將她的魔導書奪走。

趁觸手束縛的力道變緩，雪菜換手持槍。她單靠獲得自由的左臂揮動「雪霞狼」，甩開了糾纏的觸手。

「……那月美眉，妳的魔力恢復了嗎？」

古城望著傲然挺胸的女童問道。那月貌似有些愉快地揚起嘴唇說：

「這一丁點儲量，只能讓我使出片刻的魔法就是了。多虧某個真祖在浴室流鼻血流個不停，也要感謝藍羽呢。」

「——妳連幼兒化的記憶也留著嗎！」

古城不禁抱頭疾呼。

他在深洋之墓二號的大澡堂所流的鼻血，儘管相當微量，仍含有第四真祖的魔力殘漬。而那月泡在溶有鼻血的熱水中，藉此恢復魔力——似乎是這麼回事。我的鼻血是沐浴精嗎？古城不服氣地咕噥，雪菜則氣悶地瞪著古城。直覺敏銳的她，似乎靈光一現就想出古城在浴室流鼻血的原因了。

「…………」

阿夜茫然站著，眼裡凝望復活的那月和她的「守護者」。

她並不知道那月運用假想人格讓記憶復原的事。

在闇誓書發動前，那月的記憶就恢復了。而且闇誓書的魔力無效化，對取回記憶的她並沒有作用，因為她本身也是闇誓書的閱覽者。

不過，那月卻裝成手無縛雞之力的女童，一直將仙都木阿夜蒙在鼓裡，更讓她疏於防備，這樣那月才能守候機會，奪回自己被搶走的時間。

對於心生動搖的火眼魔女，那月只同情地看了短短一瞬，然後便下指示：

「姬柊雪菜，一下下就好，讓仙都木阿夜失神。另外……那邊的馬尾！阿夜的女兒還有意識吧？」

「居……居然叫我馬尾……」

儘管那月取的綽號沒用半點心思，紗矢華仍立刻點頭。只有和優麻同為魔女的那月才救得了優麻——她想起了這一點。

「妳終究要與我為敵嗎？那月！」

阿夜用充滿怨恨的聲音大吼。隨著殺氣散發，無數文字被描繪於虛空。現身的是魔導師罪犯的幻影、滾燙的熔岩、巨大的冰塊，還有從地面穿出的無數針刺。這些都朝著那月撲了過來。

然而那月靠著空間移轉，輕易閃過攻擊。

在操控空間的這方面，沒有魔女能匹敵那月。能力特化於操縱文字的阿夜，無法徹底掌握住那月的座標。

「轟爛那些玩意，『雙角之深緋』——！」

古城的眷獸興高采烈地將阿夜造出的幻影消滅了。隨後，它更頂著雙角朝毫無防備的火眼魔女猛衝。

為了防範眷獸的攻擊，阿夜再次展開文字障壁。但是，在眷獸撞上那道障壁的前一刻，古城就將具現化解除了。緋色雙角獸是用來引開阿夜注意力的誘餌，突破障壁飛奔過來的並非眷獸，而是手持銀槍的少女。

「——鳴雷！」

雪菜提起左腿，踢中了仙都木阿夜的下顎。

阿夜將意識集中在展開障壁，閃不過她的攻擊。雪菜蘊含咒力的那一腿就這麼突破罩著阿夜的防禦魔法，撼動了她的腦袋。

剎那間，阿夜失神了。聽命於她的「守護者」斷了聯繫。沒放過這一瞬的那月隨即從虛空中釋出鎖鏈。

「出於悲嘆的冰獄，衛守深淵螺旋的無面騎士啊——」

銀鏈將黑騎士全身重重綑緊。

為了掙脫礙事的鎖鏈，黑騎士有如受創的野獸猛烈掙扎。帶有魔力的鎖鏈無法扯斷，更深深捆住黑騎士的鎧甲。

「吾名為空隙，奉永劫之炎將背約詛咒焚滅之人。在此命汝斬裂黑血桎梏，返回原有之地。將汝之劍，獻予造育汝靈魄之蒼藍處子！」

那月持續誦唱咒語。透過鎖鏈，她的魔力如電流般侵襲黑騎士全身。裹覆「守護者」全身的漆黑鎧甲碎裂開來，底下現出了新的鎧甲。

湛藍好似盛夏海洋的鎧甲——

「優麻！」

古城等人也直覺了解到，仙都木阿夜加在「守護者」身上的詛咒解開了。那月能做的只到這裡為止。

為了拯救優麻，還需要一項東西——切斷母親支配的意志。說過自己毫無存在意義的優麻本身的求生意志——

「——『蒼（Le Bleu）』！」

優麻在意識朦朧間大叫，藍騎士發出咆吼。被扯斷的靈能路徑復活，她和「守護者」恢復聯繫了。

優麻取回了身為魔女的力量。

那就表示仙都木阿夜會失去「守護者」。

「我創造的人偶卻要違抗我的支配嗎……！」

阿夜嘔出帶血的一口氣，自嘲似的咕噥。

和她對待優麻的那一套相同。強行扯離「守護者」，也讓阿夜的靈能路徑支離破碎了。

「是時候了，阿夜……回去監獄結界。妳作的這場夢已經結束了。」

那月低頭望著單膝跪地的火眼魔女，靜靜地開口警告。

圖謀令絃神島解體，讓所有島民陷入危機，身為主謀的阿夜罪不可赦。這和絃神市有過在先的奧斯塔赫事件不同。等著她的恐怕是嚴酷得連死刑都顯得更通人情的處分。

不過，只要封印至監獄結界，人工島管理公社就無法對阿夜出手。將阿夜這個朋友關進監獄結界，是那月能選擇的唯一手段。

「孤軍無援嗎？沒想到我拋下ＬＣＯ那些魔導師，會以這種形式得到報應。」

阿夜了解那月的心意，仍緩緩搖頭。

她早和自己支配的犯罪組織「圖書館」做了切割，反正那群人在實驗結束後就用不著了。然而，她卻失去了眾多能用的棋子。阿夜所剩的選項已經不多。

「不過，第四真祖啊，你召喚出足以讓這座島支持下去的眷獸，又同時操控其他眷獸，應該很痛苦吧？你還能控制著不讓它們失控到什麼時候？能忍到那一刻就是我贏。結果是一樣的。」

被徹底逼得走投無路，阿夜還能由衷愉快地說出這席話。

古城默默皺起臉孔。儘管讓人懊惱，但阿夜說的是事實。霧之眷獸「甲殼之銀霧」和古城的其他眷獸一樣，駕馭起來費心得嚇人。蠢蠢欲動的它一有空隙就會大鬧。

雖然現在勉強能命令它撐起這座島，可是古城似乎也支持不了多久了。要是這匹眷獸失控，紘神島八成就會名符其實地「雲消霧散」。

「在事情變成那樣以前，我們會先打倒妳。」

雪菜持槍靜靜說道。

「妳辦得到嗎？劍巫？」

阿夜瞇著火眼笑了。之前她並沒有擺過這種陰狠的表情。

那月察覺到阿夜身上的異變，畏懼般身體微微發抖。

「住手！別這樣，阿夜！」

那月慘叫般如此大喊。

隨後，仙都木阿夜全身為火焰掩沒。那並非物理性質的火焰，好比從地獄底部竄上來的不祥闇色業火。

阿夜的身軀徹底遭到火噬，從外部無法窺見，只有她那雙火眼在闇色中依然炯亮。從她身上流瀉的魔力強大得驚人，如今甚至可以匹敵古城的眷獸。

「這……這怎麼回事！」

「是墮魂……」

獨自冷靜地觀戰的紗矢華，率先看透異變的真相而叫道。

「魔女的最終形態。讓惡魔吞下自己的靈魂，使肉體化為真正的惡魔——」

「……這樣就沒人能攔阻她了。阿夜已經……」

那月表情充滿絕望地咬住嘴唇。正因為同樣身為魔女，她比誰都清楚墮魂的恐怖。

「怎麼會——」

古城焦躁得拳頭顫抖。對眷獸的操控快到達極限了。要是現在阻止不了阿夜，絃神島難保不會瓦解在古城自己手下。

然而阿夜正逐漸化為徹底的惡魔，魔力超出常軌。在原本要操控眷獸就相當吃力的狀況下，該怎麼打倒這種怪物——？

「不，學長，我們阻止得了喔。這也是為了優麻好——」

雪菜緊緊握住古城的手，像是要為心煩意亂的他打氣。

雪菜充滿堅定決心的雙瞳道出了戰鬥的理由。

為了受傷的優麻，他們不能對阿夜見死不救——不能讓總算見到面的母親，當著女兒眼前自焚其身。

身為孤兒的雪菜不認得母親，因此她才想救回阿夜。

很像好心腸又正經八百的雪菜會有的論調。

既然這樣就沒辦法囉——古城用力回握她的手。

光是如此就足以讓他們想法互通。就算勉強也得拚。

「那個人自己曾說過，『雪霞狼』並不會讓魔力失效，而是令世界變回原本該有的面貌。所以——」

「我懂了。我這裡差不多也接近極限了。」

「好的。一口氣衝吧！」

雪菜持槍疾奔。

過去曾是仙都木阿夜的怪物，以被火焰包裹的指尖描繪出文字，創造出來的是底細不明的不定形怪物。那恐怕是魔界的生物。

那些生物殺向雪菜，擋住其去路。

「迅即到來，『獅子之黃金』——！」

衝散那群不定形怪物的，是雷光環繞的黃金獅子——第四真祖的第五眷獸。魔力驚人的急雷將怪物焚滅，為雪菜打通道路。

「——狻猊之神子暨高神劍巫於此祀求。」

雪菜舉起銀槍起舞。伴隨著肅穆的禱詞，她的長槍被白彩光輝裹覆。

墮魂的魔女好似畏懼其光輝而停下動作。

「破魔的曙光、雪霞的神狼，速以鋼之神威助我伐滅惡神百鬼！」

銀槍一閃即過，斬斷了籠罩著魔女的黑焰。

阿夜的身軀沐於槍身綻放的光芒，魔力隨之消失。那代表她和惡魔訂下的契約已遭毀棄，魔女墮魂的肉體和魔界就此失去聯繫。隨後——

「做得好，同學們！」

女童咬字不清的讚許聲傳來。從虛空中釋放出的銀色鎖鏈，將阿夜的身軀從闇色火焰中拖出。

魔界之焰失去了現於人世需要依附的軀殼，一瞬間狀似不捨地熊熊翻騰，但在不久後隨即燃燒殆盡。

闇誓書的效果，和包覆學校的結界一同消失了。

霎時間，古城等人湧上一股世界色彩變鮮豔的錯覺。魔力回到了絃神島。古城確認過這一點，將霧之眷獸解除。

銀霧緩緩散去，絃神島的全貌和環繞島嶼的藍海重見天日。

被海平線射來的耀眼光芒一照，古城難受得呻吟。

早晨的陽光照亮負傷而疲倦的眾人。

天空在不知不覺中破曉了。

終章
Outro

紘神島的中樞地帶。在人稱基石之門的建築物中，有座小小的博物館。

正式名稱為魔族特區博物館。裡頭保管著和「魔族特區」相關的學術資料和物品，屬於展示給遊客參觀的設施。

人工島設計者絃神千羅的照片、島嶼模型、在「魔族特區」研發的系列商品。還有特區警備隊的裝備，以及知名魔導機械的模造品等——本土絕對看不到的眾多稀有品，都收藏在紘神島這處屈指可數的觀光名勝。

在這間博物館的角落，有個並未對普通參觀者開放的區塊。

展示在玻璃展覽櫃裡頭的，只有一柄古老長槍。

漆成黑色的長槍在上下兩端各接著大型槍頭。

形狀奇妙的槍像是將兩柄短槍硬連成一把。

展示櫃上並沒有記載槍銘和來歷。被好幾條鋼索牢牢固定，塵封於博物館深處的槍，感覺也像遭到了某人封印。

有一名青年正抬頭仰望那柄槍。

那是個戴了眼鏡、富知性而氣質文靜的青年。他的左手上嵌著黑灰色手銬，能證明他是從監獄結界脫逃的最後一名囚犯。

「——霧散開了呢。」

青年望著自己映於展示櫃的身影，自言自語般和緩開口。

現身回應他的，是個穿制服的高中女生。

戴眼鏡的她在腋下夾著一本書。那並非淵遠流長的魔導書，而是在書店買的普通文學全集。她是個氣質恰似愛書人的文靜少女。

少女帶著些許感嘆地說：

「是的。也因為霧化現象發生在深夜，並沒有造成人為損害。建材由於魔力消失而受到的損傷，幾乎都在可自行修復的範圍內。雖然人工島管理公社的負責部門，大概暫時得為檢測和應對連夜加班就是了。」

青年聽了她的回答，滿足地微笑著說：

「好久不見了，閑。」

「是啊……」

少女抬頭望著修長的青年，露出莫名無奈的表情。那表情就像風紀股長抓到了違反校規的慣犯。

「我想你一定會到這裡來。」

「因為博物館的結界解開啦。原本要進來這裡應該不會這麼簡單……得感謝仙都木阿夜才行呢。」

「你明明知道會這樣才利用她的。」

少女責備似的說了。青年裝作沒聽見，將視線轉向展示櫃。

「零式突擊降魔雙槍（Fangzahn）——將這個留在『魔族特區』是失算呢。」

「……因為沒辦法運走啊。畢竟這是失敗作。」

「的確。以某種意義來說，它是和我相稱的武器。」

青年的嘴邊露出笑容，而手銬在他的左腕上發出金色光芒。

手銬連著一條從中扯斷的鎖鏈。透過監獄結界的管理者南宮那月所用的空間操控術式，那條鎖鏈目前依然和監牢內部相繫。只要那月的魔力恢復並再次啟動監獄結界，逃犯就會被拖回異世界的監牢。

「南宮那月似乎取回魔力了。」

少女對青年提出忠告。青年靜靜點頭，然後將手伸向展示櫃。

「……是啊。不過，已經太晚了。」

展示在玻璃櫃中的黑色長槍，似乎和青年產生共鳴而綻放光輝。那陣幽亮的光芒是能令魔力失效，並斬除萬般結界的神格振動波閃光。

青年的手銬碎散落地。
固定長槍的鋼索頓時彈飛，反作用力震破了玻璃櫃。受重力牽引倒下的長槍，在空中被青年一把接住，彷彿是長槍本著自己的意志才飛進青年手裡。
青年像在測試用慣的兵器，輕輕舞起槍花。接著走向外頭，貌似已對博物館失去興趣。
「接下來你打算去哪？紘神冥駕？」
少女朝青年的背後問道。青年當場留步，一臉愉快地回頭。
「哎呀——妳不攔我嗎？『寂靜破除者（Paper Noise）』？」
「……還是算了。縱使我有現在的力量，感覺也無法在不殺你的前提下，攔住裝備了『冥餓狼』的你。」
淡然說著的少女並無挑釁之意，惡作劇似的歪了頭。
「況且放你走，對獅子王機關（我們）也沒有實際的壞處。」
「原來如此。妳判斷得不錯，閑。」
青年溫和地露出微笑，眼裡則透著用眼鏡也無法完全掩飾的邪惡光彩。
「那我走了。」
帶著長槍的青年，身影逐漸融入黎明的街道。
目送她的少女在豔紅嘴唇上也透著一股靜靜的笑意。

†

波朧院節慶即將迎接第二晚。

雖然在明天最後一天也預定會舉辦幾項零星的節目，實質來說，今晚就是最後高潮。重頭戲則是煙火大會，發射數目八千發。用盡鍊金術菁華的特殊煙火為「魔族特區」獨有，在國內外受到的注目度也很高。

選作會場的港灣地區碼頭聚集了眾多打扮過的年輕人，攤販櫛比鱗次。

短短二十四小時前，這裡還有一群人和監獄結界的逃犯展開死鬥，實在是令人難以想像的光景。

不過，今晚同樣發生了不為人知的事件。雖然是意義上多少有些差別的事件——

「……美女……曉古城帶了個正到極點的美女……」

「那是什麼人……模特兒嗎？腿好長……好細……胸部好大……」

「她好像和之前國中部的轉學生認識……可惡，為什麼都是那男的占到便宜……」

「咦……那……那個……請問一下喔？」

煌坂紗矢華下了單軌列車，一到目的地就受到殺氣騰騰的整群人注目，內心大受動搖。

紗矢華跟蹤要去看煙火的雪菜和古城，到了他們約見面的地方。然而，她實在不明白自己為什麼會被陌生男性團團包圍。

這群人主要是和曉古城同班的高中男生。雖然或多或少有點噁，基本上對人畜無害。尾隨古城和雪菜出現的紗矢華長得太漂亮，讓他們像斑蚊似的受吸引並聚集過來。

「這……這怎麼回事！欸，來……來一下啦……曉古城，救救我！呀啊啊啊——！」

紗矢華悲痛的尖叫被祭典的喧囂掩沒了。

躲在銅像死角偷看紗矢華倉皇逃跑，還露出竊笑的則是淺蔥。

「咯咯咯……正如我的計畫。哎，我們班那群男生本來就因為祭典變得很開放，要是讓他們碰見那種美女，當然會變成這樣。」

別怨我喔，煌坂——淺蔥露出壞蛋的笑容。

穿短褂的矢瀨基樹從後面望著這樣的淺蔥，傻眼地聳聳肩。

「唔哇……聽她突然找大家一起來煙火大會，我還想天要下紅雨了。結果是預謀犯罪喔？淺蔥竟然墮入黑暗面了。」

「原本像隻軟腳蝦的淺蔥變得好堅強喔。這也算曉的功勞嗎？」

築島倫愉快地瞇著眼嘀咕。

囉嗦——淺蔥鬧脾氣地鼓著臉說：

「你們以為我在這次的祭典期間吃了多少苦頭啊？要是沒碰到一點好事，我真的會受不了啦。」

淺蔥一邊顫抖著握緊雙手一邊告訴自己。

一會兒是神祕的魔力消失現象，一會兒又是人工島離奇霧化，忙得團團轉的淺蔥到今天下午都絲毫沒有睡。之前她還被逃犯追殺，差點丟掉一條命。至少在最後，淺蔥希望為自己留下一些像樣的青春回憶。就算這樣也不會遭天譴吧——她如此心想。

剩下只要將姬柊雪菜排除掉就完美了，不要緊，第二號作戰早已發動——淺蔥摸向手機。她要讓事先找來的曉凪沙等人和雪菜碰頭。

然後再趁機將古城偷偷帶走，兩個人混進人群中溜掉，這就是她的計畫。

不過這時，淺蔥察覺到有個紅色物體正撥開人潮接近過來，表情頓時結凍。

『——喔喔，女帝大人。會在這種地方碰上可真巧！』

用外部喇叭大聲嚷嚷的是麗迪安．蒂諦葉。有腳戰車的裝甲打開，一身駕駛服酷似泳裝的紅髮小學生駭客從裡頭露了臉。

「為……為……為什麼妳會在這裡？戰車手！」

淺蔥用手握著的團扇指著麗迪安，尖聲朝她問道。

麗迪安不顯愧疚地吐了舌頭說：

「由於女帝大人曾捎書表示『找誰湊數都好，盡量多找幾個人來』，在下才認為多自己一個應該無妨。」

「啊！妳偷看我發的簡訊對不對！」

「不不不，純屬巧合是也。內容沒經過鎖碼，我忍不住就……」

「忍不住個頭！妳是叫我聯絡大家來煙火大會，還要專程將簡訊量子密碼化嗎！」

淺蔥捧著精心梳好的頭，氣得猛跺腳。

「……聰明反被聰明誤，就是指這種狀況嘛。」

「應該是……害人者人恆害之吧？」

倫和矢瀨以混了同情及苦笑的口氣說道。

在眾人心思交錯下，祭典的夜漸深。

†

古城和雪菜正走在離會合處略有距離的小巷。

兩個人都一身便服，但並非浴衣。紗矢華本來想讓雪菜穿浴衣，不過帶著槍走路會不方便，雪菜就不講情面地拒絕了。

稍早之前，他們才聽見紗矢華的尖叫聲。

「煌坂那傢伙要不要緊啊……」

古城看似不安地頻頻瞄著後面。

當然，他並不覺得那些同學能對獅子王機關的舞威媛做些什麼。要說的話，他是擔心惱火的紗矢華會不會將男同學們殲滅。

雪菜也帶著和古城相同的表情，嘆著氣說：

「我也說過不用勉強跟來，但紗矢華說什麼都堅持要監視學長……她明明害怕人潮。」

「那傢伙是在放假吧。把她扯進來挺過意不去耶。」

那傢伙的弱點意外地多呢──古城一邊對紗矢華感到同情一邊苦笑。

不過，這幾天讓她幫了大忙也是事實。

和魔女姊妹及逃犯交手，還有在古城瀕死時幫忙照顧的都是紗矢華。而且為了讓古城吸血，她做了不少努力。

古城想起她努力的具體內容，無意識紅了臉。雪菜彷彿窺見他的內心，在絕妙的時間點投來冷冷的視線。

「對呀……再說她昨晚好像和學長經歷過許多事情。」

被雪菜用明顯不高興的口氣點破，古城因而吞聲。

雖然他曾抱著一絲樂觀的期待，覺得自己不講就不會被發現，但是他吸了紗矢華和優麻的血這件事，好像還是穿幫了。

「煌坂果然在生氣吧……畢竟她本來就夠討厭我了。」

古城心煩地自個兒抱怨。雪菜猛眨眼睛，望著他那張臉龐。這個人說的是認真的嗎——雪菜傻眼的表情似乎如此疑惑。

接著她像是對紗矢華感到同情，淺淺嘆氣說：

「我想沒有那回事就是了……不過，請學長要對紗矢華溫柔一點喔。」

雪菜微笑的臉上已經看不見之前的不高興。

兩個人走在港灣地區的偏遠地帶，周遭幾乎沒有人影。

這裡離導遊手冊上刊載的煙火大會欣賞景點有點距離，又只設了最低限度的路燈，普通人應該不會接近這裡。

他們穿過堆疊的貨櫃空隙，來到碼頭。

這裡似乎是貨船用的停泊處，不過在這個時間來絃神島的貨船很少。託此之福，視野相當開闊，可以將周圍海面一覽無遺。

「約好碰面的地方……是這裡嗎？」

感到有些不安的古城拿出手機想要確認。隨後——

繽紛光芒渲染了世界。

「轟」的聲音晚一拍傳來，憾動古城他們的肌膚。煙火。五彩繽紛的煙火在夜空綻放。

「啊……」

雪菜仰望天空，發出讚嘆聲。她那睜大的雙眸散發著孩子般的無邪光彩。天空開闊，煙火近在咫尺，整片視野被光芒占滿。

「這個祕密的觀賞景點不錯吧？」

古城他們的腳邊不知不覺站了個女童。那是個穿著豪華禮服，宛如人偶的女童。她看了古城他們感激的臉，貌似得意地哼了一聲。

「這裡是我替自己準備的好地方，不過這次欠了你們人情，特別做個招待。」

「那月美眉……」

「別用『美眉』稱呼班導師。」

外貌看來仍然年幼的那月不愉快地瞪了古城。

「不過要叫我小那的話，我倒不是不能接受。」

「原來妳中意那個稱呼啊。」

咕噥的古城當場無力地跪了下來，視線意外和那月變得一般高。

聽到古城等人要來看煙火的消息，那月就捎了聯絡，叫他們過來這裡。對於捲入事件的古城和雪菜，或許這是那月自己用心準備的一項報酬。

「妳還要回監獄結界嗎？」

待煙火停歇，古城才問道。

監獄結界是那月身為管理者所作的一場夢。

為了封印住那個地方，那月非得被關進異界，永遠沉睡。

獨自留在異界的她將不會和任何人直接接觸，也不會增長年歲。這就是她身為魔女，在簽下契約後付出的代價。

「別在意，我們很快又能見面了。」

那月望著古城的雙眼說了。

可是──差點說出來的話被古城硬吞回去。古城他們看見的那月，其實是真正的那月沉睡時用魔法製造的幻影。

他們應該很快就能再見到那月的幻影，也能和她講話。可是，只要未來沒有人將那月從監獄結界解放出來，以後就見不到真正的她了。

也許那是自己身為第四真祖的使命──古城心想。

可是，目前的他沒辦法。

古城能隱瞞吸血鬼的身分，正常地在高中就讀，是因為有那月在背後牽線。為什麼身為一介教師的她能辦到那種事，古城一直覺得很不可思議。不過，現在他明白理由了。因為那月是監獄結界的管理者。

萬一古城要與絃神島為敵，南宮那月會制止他。

並非以彩海學園英文老師的身分，而是以監獄結界管理者——「空隙魔女」的身分。

縱使是世界最強的吸血鬼也出不了監獄結界。正因那月有能力對抗古城，才會被允許放養古城。

反過來說，古城目前的自由是受那月保護才能成立的。身為老師，她一直保護著古城這個學生。

所以，古城無法叫那月卸下監獄結界管理者一職。

處於被保護的立場，古城沒資格那麼說。現在還不行。對，現在還不行。

「——下週起就會再正常上課。記得回學校，別耽擱了。」

那月用一如往常的傲然口氣宣告，所以古城也一如往常地笑著回答：

「我知道啦，那月美眉。」

「不准叫我那月美眉。」

被人用小小的手掌猛打鼻頭，古城痛得仰身。

差點直接跌倒的古城被人從後面溫柔地摟住了。他以為是雪菜伸出的援手，結果不是。開朗的短鮑伯頭少女笑著從古城背後幫忙支撐，她穿的衣服和最初抵達絃神島的那一天相同。

「優麻……！妳受的傷沒事了嗎？」

古城一臉驚訝地仰望懷念的老友——仙都木優麻。他聽說優麻雖然取回了「守護者」，身心仍受到重創，所以暫時必須住院。

「空隙……不對，南宮老師准許我過來一下下。因為我們暫時又見不到面了。」

優麻有些落寞地微笑。雖說她還未成年，而且只是受了母親利用，但她之前依舊是犯罪組織ＬＣＯ的幹部。縱使傷勢恢復，也還有漫長的審問等著她吧。然而——

「不過，我們還會再見面啦。」

古城抱著奇怪的把握說了。

優麻確實會被審問，然後被判處罪刑。可是，她應該不會受到太嚴苛的對待，因為她還有價值。和第四真祖是青梅竹馬——這項無可比擬的利用價值。

「對呀。大概就在不遠的將來。」

優麻微笑著舉起雙手。那是擊掌的預備動作——古城在籃球賽及玩耍時，和她重複過好幾次的祝福形式，用來當成古城和她的送別，比握手更加合適。這傢伙還是這麼貼心——古城同樣舉起雙手。

他朝著優麻的雙手使勁一拍。

不過，他的動作揮了個空。因為優麻忽然閃掉了。

優麻直接撲進古城懷裡，面對面將他摟住，並讓彼此的嘴唇相疊。

「——！」

古城僵得發不出聲音，代他倒抽一口氣的是雪菜。

優麻摟著古城，使壞地笑著對雪菜說：

「在那之前，古城先讓妳保管嘍，姬柊。下次我不會輸。」

優麻說著放開了古城。那月無奈地一邊嘆氣一邊彈響指頭，下個瞬間，她和優麻的身影就溶入虛空消失了。她們是用空間移轉逃走的。

只剩古城和雪菜留在碼頭。

頭上仍有無數綻放的煙火，爆炸聲不斷傳出。

然而，那些都彷彿發生在遙遠的國度。

「學長……」

雪菜靜靜呼喚。古城應該沒有理由害怕，面無表情的她卻莫名恐怖。

「等等，剛才那不算我的責任吧。我只是稍微疏忽而已。」

「說的也是。不過，學長的破綻會不會太多了？之前不是才被她占據身體嗎？」

雪菜氣得逼近古城。她捶在古城胸口的軟拳，傳進胸膛裡格外地響。

「學長真的每一次都讓人這麼擔心……像昨天也是……光擔心你會不會死掉，你知道我有多不安嗎！」

「對……對喔。抱歉。」

「如果學長真的那麼想，就不要在我看不見的時候亂來！請你好好留在我身邊！」

對於不太表露感情的雪菜來說，這句話應該是豁盡勇氣的真心話吧。古城認真做了反省。這一次，也許確實讓雪菜操心過頭了，暫時安分地聽她的話照做應該比較好。

「留在妳身邊……是到煙火大會結束嗎？」

由於不知道她這股火氣什麼時候才會消，古城想姑且問了當參考。

雪菜像是嚇了一跳，用大大的眼睛直瞪著他，斬釘截鐵回答：

「以後也要一直留在我身邊！」

呃，那實在有點為難吧——古城感到退縮。不過，他沒辦法反駁。

因為在古城他們附近傳來了眾人嚷嚷的動靜。

古城和雪菜一臉納悶地回頭，結果就看見朋友們呆站著的身影。接連不斷的煙火爆炸聲，讓他們倆沒注意到朋友們的腳步聲。

「……雪……雪菜……？妳要他……一直留在妳身邊，該不會就是求婚的意……」

臉色慘白地呢喃的是紗矢華。雪菜困惑地發出「咦」的一聲。看來紗矢華他們只有聽見古城和她後半段的對話。

「是……是嗎……沒想到妳會從正面進攻……算妳厲害……」

淺蔥在動搖之餘，鬥志顯得莫名旺盛。她看著雪菜的眼神好比運動選手碰上了勁敵。

「那……那個……請等一下。剛才，我們談的是……」

雪菜也察覺自己被誤會了，慌得陣腳大亂。然而，畢竟事情很複雜，要說明也不容易。

矢瀨和倫望著雪菜那副模樣，顯得滿有興趣。

還有待在淺蔥等人背後的凪沙，更是莫名紅了臉望著雪菜說：

「雪菜……妳好大膽喔。」

「不……不對……總……總之……因為我負責監視學長……不是你們想的那樣啦！」

雪菜的尖叫響遍夜空。古城無奈地望著頭頂。

繽紛鮮豔的火光照出了他們的身影。

這是在喧囂盛宴的夜晚發生的事件中，不為人知的最後一幕。

後記

在上一回的後記，我記得自己曾發下「會加快出刊步調」的豪語，但是回神過來，又像往常一樣隔了四個月才和各位讀者見面。讓大家久等了，對不起。

就這樣，《噬血狂襲》第5集已向各位奉上。

劇情意外拉長的波朧院節慶篇，到這裡算是告一段落了。祭典最後一天還有幾段小插曲無法收錄到這集裡頭。關於這部分，我希望能用其他形式另行補充。簡單說來，只是古城和雪菜打情罵俏的場面而已，感覺還是和本篇做個區隔比較好，所以才這麼安排。

這次寫來愉快的角色是逃犯陣營。由於之前並沒有適合的情景可以盡情投入五花八門的反派角色，這回我提起勁寫了設定資料。實際上在運用到那些設定以前，這班人馬的戲分一下子就結束了，世界大概就是這麼回事。

格外費心的反倒是女主角們的服裝。連續兩集都穿同樣的服裝會顯得太單調，就找了機會讓她們換衣服。但新裝當然不會那麼巧就擺在眼前——所以她們穿的護士服和浴衣，都是配合劇情發展才不得已換上的，絕不是因為作者對護士服或浴衣抱有異常執著。雖然要問到喜歡與否的話，當然算喜歡就是了。

另外，關於這部《噬血狂襲》，其實已經有漫畫版開始連載了。負責繪製漫畫的是ＴＡＴＥ老師。要說到細緻又有魄力的描繪也好，細心流暢的劇情編排也好，我覺得這會是一部品質輕鬆勝過原作的精彩作品。目前是在《月刊COMIC電擊大王》上連載，如果各位也能參考看看就太令人高興了。

這回主角群照例又換了一大堆打扮，還有山一樣多的新角色出現，在這種嚴苛條件下，マニャ子老師同樣提供了華麗的插畫為作品增色，真的非常感謝您！另外，以湯澤責編為首，所有和製作、發行本書相關的人士，我也要由衷向各位表達謝意。

最後，我同樣要對讀完本書的各位讀者致上最高的感謝。

那麼，希望我們能在下一集再見。

三雲岳斗

Kadokawa Light Novels

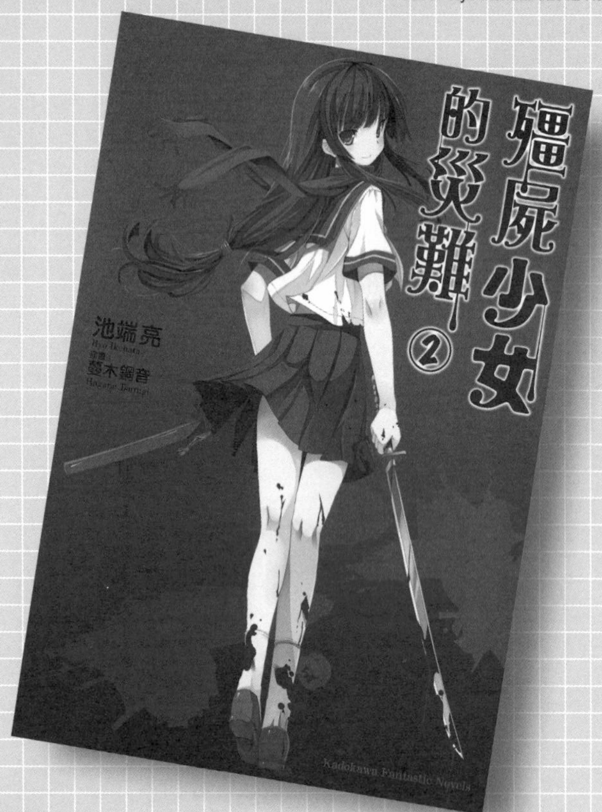

殭屍少女的災難 1~2

作者：池端 亮　插畫：蔓木鋼音

不死之身的大小姐VS身手矯健的女中學生
超越人體極限的戰鬥就此展開！

我是楚楚可憐的侍女，艾瑪．V。從百年沉睡醒來的大小姐，發現秘石被偷走了。

其實我知道犯人是誰——只不過柔弱的我打不贏對方，這種野蠻的事還是交給大小姐吧。獻上既歡樂又血腥的奇幻輕小說！

各NT$160/HK$45

黑鋼的魔紋修復士 1 待續

作者：嬉野秋彦　　插畫：ミユキルリア

史上最妖豔的奇幻輕小說在此鄭重開幕！
見識刻印在純潔少女肌膚上的魔紋之力！

少女瓦蕾莉雅被任命為在「神聖同盟」僅有十二位、令人憧憬的「神巫」。刻印在她美麗肌膚上的「魔紋」必須託付給隨侍的紋章官，但她的紋章官是個性不佳的少年狄米塔爾。在各方面想法都有所衝突的兩人，還是被賦予第一份任務。

NT$190/HK$50

Kadokawa Light Novels

黑色子彈 1~4 待續

作者：神崎紫電　插畫：鵜飼沙樹

防止原腸動物入侵的巨石碑提早一天崩塌，
東京地區命運全看自衛隊與民警的活躍！

不久的未來，人類敗給病毒性寄生生物「原腸動物」，被驅逐至狹窄的領土，帶著恐懼與絕望苟且偷生。居住於東京地區的少年里見蓮太郎是對抗原腸動物的專家「民警」成員，專門從事危險的工作。某天接獲政府的高度機密任務，內容是避免東京毀滅……

各 **NT$180~220/HK$50~60**

台湾角川

不完全神性機關伊莉斯 1 待續

作者：細音 啓　插畫：カスカベアキラ

世界的命運和人類的未來
就此寄託在「神性機關」伊莉斯身上！

就讀寶条軍事學校傭兵科的貧窮學生「凪」，是個煩惱該如何轉系到機械工程科的機械愛好者。某天，他在廢料堆中發現少女外型的女管家機器人。麻煩不斷的同居＆學園生活——人類最終兵器「神性機關」的伊莉斯終於覺醒！

NT$180/HK$50

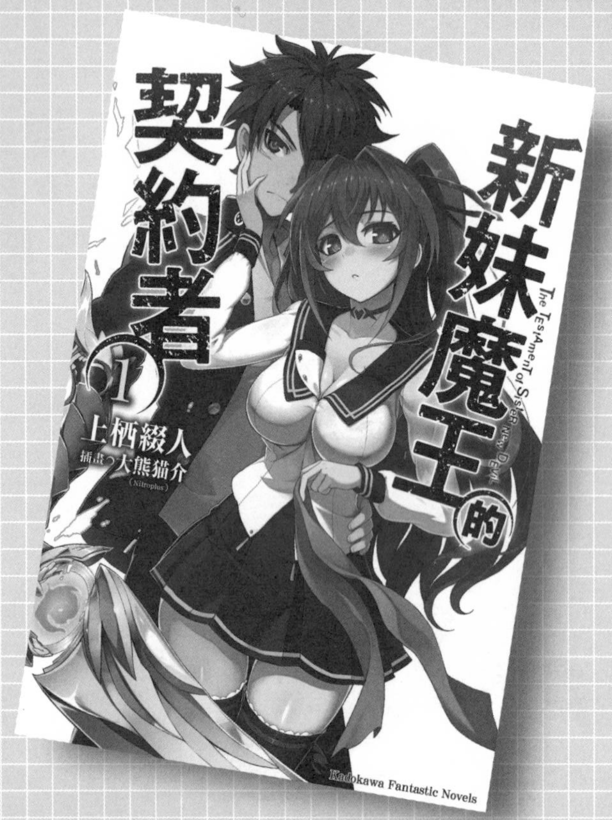

Kadokawa Light Novels

新妹魔王的契約者 1 待續

作者：上栖綴人　插畫：大熊猫介

《無賴勇者的鬼畜美學》作者最新力作！
H度破表的格鬥動作小說話題登場！

向高中生東城刃更宣布再婚的父親，帶了成為他繼妹的超級美少女澪與萬理亞回家同住，自己卻跑到國外出差！想不到兩名少女的真正身分，分別是新科魔王與夢魔！但是在跟刃更締結主從契約時，居然出槌變成逆契約，刃更反而變成主人了？

NT$200/HK$55

Kadokawa Light Novels

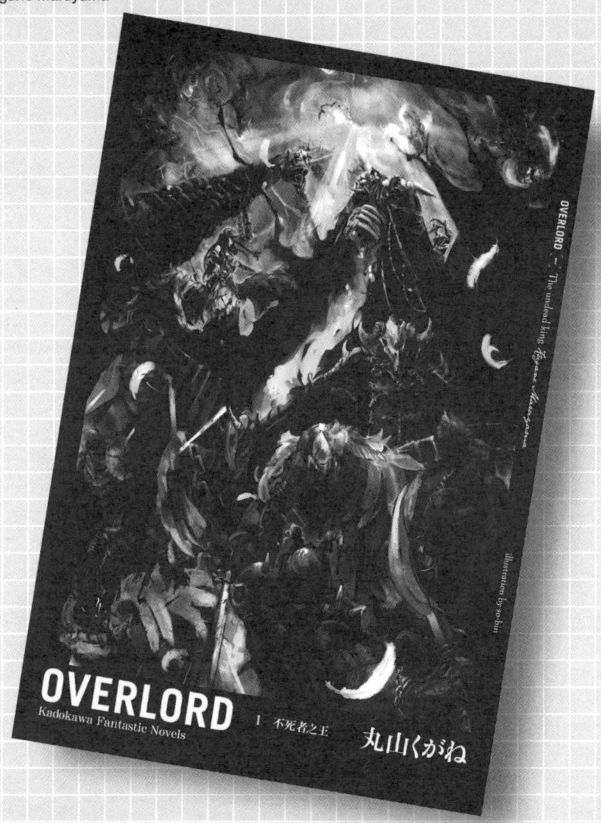

OVERLORD 1 待續

作者：丸山くがね　插畫：so-bin

大受歡迎的網路小說書籍化！
熱愛遊戲的青年化身最強骷髏大法師！

網路遊戲「YGGDRASIL」即將停止服務——但是不知為何，它成了即使過了結束時間，玩家角色依然不會登出的遊戲。其中的NPC甚至擁有自己的思想。和公會根據地一起穿越的最強魔法師「飛鼠」率領公會，展開前所未有的奇幻傳說！

NT$260/HK$75

國家圖書館出版品預行編目資料

噬血狂襲 5 觀測者之宴 / 三雲岳斗作；鄭人彥譯. -- 初版. -- 臺北市：臺灣角川, 2013.10

面；　公分

譯自：ストライク・ザ・ブラッド 5 観測者たちの宴

ISBN 978-986-325-651-9(平裝)

861.57　　102017809

噬血狂襲 5
觀測者之宴

（原著名：ストライク・ザ・ブラッド 5 観測者たちの宴）

2013年10月25日 初版第1刷發行
2021年6月24日 初版第5刷發行

作者：三雲岳斗
插畫：マニャ子
日版設計：渡邊宏一
譯者：鄭人彥

發行人：岩崎剛人
總編輯：蔡佩芬
編輯：孫千棻
美術設計：黃永漢
印務：李明修（主任）、張加恩（主任）、張凱棋

發行所：台灣角川股份有限公司
地址：105台北市光復北路11巷44號5樓
電話：（02）2747-2433
傳真：（02）2747-2558
網址：http://www.kadokawa.com.tw
劃撥帳戶：台灣角川股份有限公司
劃撥帳號：19487412
法律顧問：有澤法律事務所
製版：巨茂科技印刷有限公司
ISBN：978-986-325-651-9